★ 世界500强企业推崇的优秀员工思维理念 ★

陈凯元 /著

你在为谁工作

Who Are You Working For?

在工作中，不管做任何事，都应将心态回归到零：把自己放空，抱着学习的态度，将每一次任务都视为一个新的开始，一段新的体验，一扇通往成功的机会之门。千万不要视工作如鸡肋，食之无味，弃之可惜，结果做得心不甘情不愿，于公于私都没有裨益。

机械工业出版社
CHINA MACHINE PRESS

本书提出了每一位员工需要自我反思的人生问题，并对这个问题进行了深刻细致的解答。它有助于员工解除困惑，调整心态，重燃工作激情，使人生从平庸走向杰出。如果每一位员工都能从内心深处承认并接受"我们在为他人工作的同时，也在为自己工作"这样一个朴素的理念，责任、忠诚、敬业将不再是空洞的口号。

本书更多地从员工的角度出发，具有深厚的人文关怀，是提升企业凝聚力、建立企业文化的完美指导手册和员工培训读本。

图书在版编目（CIP）数据

你在为谁工作/陈凯元著. —北京：机械工业出版社，2005.1（2008.8 重印）

ISBN 978-7-111-15871-4

Ⅰ. 你… Ⅱ. 陈… Ⅲ. 企业管理：人事管理 Ⅳ. F272.92

中国版本图书馆 CIP 数据核字（2004）第 136768 号

机械工业出版社（北京市百万庄大街 22 号 邮政编码 100037）
责任编辑：任淑杰
封面设计：左右工作室 责任印制：洪汉军
北京铭成印刷有限公司印刷

2008 年 8 月第 1 版第 48 次印刷
143mm×210mm·5.625 印张·1 插页·75 千字
标准书号：ISBN 978-7-111-15871-4
定价：16.80 元

序　言

"我只拿这点钱,凭什么去做那么多工作。"

"我为公司干活,公司付我一份报酬,等价交换而已。"

"我只要对得起这份薪水就行了,多一点我都不干。"

"工作嘛,又不是为自己干,说得过去就行了。"

这种"我不过是在为老板打工"的想法很普遍:在许多人眼里,工作只是一种简单的雇佣关系,做多做少、做好做坏,对自己意义不大,达到要求就行了。

我们到底是在为谁工作呢?工作着的人们都应该

问问自己。如果不在年轻的时候弄清这个问题,不调整好自己的心态,我们很可能与成功无缘。

杰克在一家贸易公司工作了1年,由于不满意自己的工作,他忿忿地对朋友说:"我在公司里的工资是最低的,老板也不把我放在眼里,如果再这样下去,总有一天我要跟他拍桌子,然后辞职不干。"

"你把那家贸易公司的业务都弄清楚了吗? 做国际贸易的窍门完全弄懂了吗?"他的朋友问道。

"还没有!"

"君子报仇十年不晚! 我建议你先静下心来,认认真真地工作,把他们的一切贸易技巧、商业文书和公司组织完全搞通,甚至包括如何书写合同等具体细节都弄懂了之后,再一走了之,这样做岂不是既出了气,又有许多收获吗?"

杰克听了朋友的建议,一改往日的散漫习惯,开始认认真真地工作起来,甚至下班之后,还常常留在办公室里研究商业文书的写法。

一年之后,那位朋友偶然遇到他。

"现在你大概都学会了,可以准备拍桌子不干了吧?"

你在为谁工作

"可是,我发现近半年来,老板对我刮目相看,最近更是委以重任,又升职、又加薪。说实话,不仅仅是老板,公司里的其他人都开始敬重我了!"

我很羡慕杰克,他只用了一年的时间就深刻体会到了一个人生哲理:只有抱着"为自己工作"的心态,承认并接受"为他人工作的同时,也是在为自己工作"这个朴素的人生理念,才能心平气和地将手中的事情做好,也才能最终获得丰厚的物质报酬,赢得社会的尊重,实现自身的价值。

然而遗憾的是,许多人直到职业生涯的尽头,也没能很好地回答"你在为谁工作"这个问题,没有意识到为他人工作的同时,也是在为自己工作。人生离不开工作。工作不仅能赚到养家糊口的薪水,同时,困难的事务能锻炼我们的意志,新的任务能拓展我们的才能,与同事的合作能培养我们的人格,与客户的交流能训练我们的品性。从某种意义上来说,工作是为了自己。

对于"你在为谁工作"这个问题的正确回答,有助于我们解除困惑,调整心态,重燃工作激情,使人生从平庸走向杰出。在工作中,不管做任何事,都应将心态回归于零:把自己放空,抱着学习的态度,将每一次任务都视为一个新的开始，一段新的体验，一扇通往成功的机会之门。千万不要视工作如鸡肋，食之无味，弃之可惜，结果做得心不甘情不愿，于公于私都没有裨益。

当你开始推诿责任，当你丧失工作激情，当你对工作产生怨恨的时候，请暂时停下手中的工作，静静反思一下这个简单而又包含着深刻人生意义的问题。

"你在为谁工作？"

CONTENTS

目　录

CONTENTS

目 录

CONTENTS
目 录

第 5 章　从优秀到卓越

Chapter / 1

为什么要努力工作

Who Are You
Working For

工作是人们要用生命去做的事

> 一个人对工作的态度是他志向的表示。所以，了解一个人的工作态度，就是了解了那个人对生命的态度。

你在这个世界上选择什么样的工作？如何对待工作？从根本上说，不是一个关于做什么事和得到多少报酬的问题，而是一个关于生命的意义的问题。

一位心理学家为了了解人们对于同一个工作在心理上所反应出来的个体差异，来到一所正在建筑中的大教堂，对现场忙碌的建筑工人进行访问。

心理学家问他遇到的第一位工人："请问您在做什么？"

工人没好气地回答："在做什么？你没看到吗？我正在用这个重得要命的铁锤，来敲碎这些该死的石头。而这些石头又特别的硬，害得我的手酸麻不已，这真不是人干的工作。"

心理学家又找到第二位工人："请问您在做什么？"

第二位工人无奈地答道："为了每天 50 美元的工资。若不是为了一家人的温饱，谁愿意干这份敲石头的粗活？"

心理学家问第三位工人："请问您在做什么？"

第三位工人眼光中闪烁着喜悦："我正参与兴建这座雄伟华丽的大教堂。落成之后，这里可以容纳许多人来做礼拜。虽然敲石头的工作并不轻松，但当我想到，将来会有无数的人来到这儿，在这里接受上帝的爱，心中就会激动不已，也就不感到劳累了。"

同样的工作，同样的环境，却有如此截然不同的感受。

第一位工人，是无可救药的人。在不久的将来，他可能不会得到任何工作的眷顾，甚至可能成为工作的弃儿，完全丧失了生命的尊严。

第二位工人，是对工作没有责任感和荣誉感的人。

你在为谁工作

对他们抱有任何指望肯定是徒劳的,他们抱着为薪水而工作的态度,为了工作而工作。他们不是企业可信赖、可委以重任的员工,必定得不到升迁和加薪的机会,也很难赢得社会的认可。美国心理学家亚伯拉罕·马斯洛提出了"需要的五个层次":

(1)基本的需要:对于食物和衣物的需要,以抵御饥饿和寒冷。

(2)安全的需要:对居住在一个可以感到安全的地方的需要。

(3)社交的需要:与他人分享兴趣、爱好和交友的需要。

(4)获得尊重的需要:要求别人赞扬和认可的需要。

(5)充分发挥能力、自我实现的需要:自我实现与充分发挥自身潜能的需要。

心理学家认为,为工作而工作的人,很少有机会满足第4种和第5种需要。由于他们的生命需求没有得到最大程度的满足,或多或少的,他们失去了一部分生命乐趣。

该用什么语言赞美第三位工人呢? 在他身上,看不到丝毫抱怨的影子，相反，他是具有高度责任感和创造力的人，他充分享受着工作的乐趣和荣誉，同时，因为努力工作，工作也带给了他足够的尊严，和实现自我的满足感。他真正体味到了工作的乐趣，生命的意义。他才是最优秀的员工，才是社会最需要的人。

工作是什么？翻开各国的权威字典，我们可以发现，他们的解释几乎如出一辙：工作是上帝安排的任务；工作是上天赋予的使命。这种解释虽然带有太多的宗教色彩，然而，他们却传达出了一个共同的思想：没有机会工作或不能从工作中享受到乐趣的人，就是违背上帝意愿的人，他们不能完整地享受到生命的乐趣。

工作就是付出努力以达到某种目的。如果我们的工作能够引导我们逐步接近那种能充分表现我们的才能和性格的境况，这样的工作应该就是最令人满意的工作了。人生只有一次！正是为了获得某些东西或成就自我，为了拓宽、加深、提高自身的技能，将自身全面发展成为和谐和美丽的人，我们才会专注于一个方向，并为此付出毕生心血。

工作是一个施展自己才能的舞台。我们寒窗苦读来的知识，我们的应变力，我们的决断力，我们的适应力以及我们的协调能力都将在这样的一个舞台上得以展示。除了工作，没有哪项活动能提供如此高度的充实自我、表达自我的机会，以及如此强的个人使命感和一种活着的理由。工作的质量往往决定生活的质量。

　　一个人所做的工作是他人生态度的表现，一生的职业，就是他志向的展示、理想的所在。所以，了解一个人的工作态度，在某种程度上就是了解了那个人。因此，美国前教育部部长、著名教育家威廉·贝内特说："工作是我们要用生命去做的事。"

　　在过去的岁月里，有的人可能时常怀有类似第一位或第二位工人的那种消极看法，常常谩骂、批评、抱怨、四处发牢骚，对自己的工作没有丝毫激情，在生活的无奈和无尽的抱怨中平凡地生活着。

　　你过去对工作的态度如何，这并不重要，毕竟那是已经过去的事了，重要的是，从现在开始，你未来的态度将如何？

　　让我们像第三位工人那样，为拥有一个工作机会而心怀感激，为生命的尊严和人生的幸福而努力工作。

薪水算什么，要为自己而工作

一个人如果总是为自己到底能拿多少工资而大伤脑筋的话，他又怎么能看到工资背后的成长机会呢？他又怎么能理会到从工作中获得的技能和经验，对自己的未来将会产生多么大的影响呢？这样的人只会逐渐将自己困在装着工资的信封里，永远也不会懂得自己真正需要什么。

也许是亲眼目睹或者耳闻父辈或他人被老板无情解雇的事实，现在的年轻人往往将社会看得比上一代更冷酷、更严峻，因而也就更加现实。在他们看来，我为公司干活,公司付我一份报酬,等价交换,仅此而已。他们看不到工资以外的价值,在校园中曾经编织的美丽梦想也逐渐破灭了。没有了信心,没有了热情,工作时总是采取一种应付的态度,宁愿少说一句话,少写一页报告,少走一段路,少干一个小时的活……他们只想对得起自己目前的薪水,从未想过是否对得起自己将来的薪水,甚至是将来的前途。

某公司有一位员工,在公司已经工作了 10 年,薪水却不见涨。有一天,他终于忍不住内心的不平,当面向老板诉苦。老板说:"你虽然在公司呆了 10 年,但你的工作经验却不到 1 年,能力也只是新手的水平。"

这名可怜的员工在他最宝贵的 10 年青春中,除了得到 10 年的新员工工资外,其他一无所获。

也许,这个老板对这名员工的判断有失准确和公正,但我相信,在当今这个日益开放的年代,这名员工能够忍受 10 年的低薪和持续的内心郁闷而没有跳槽到其他公司,足以说明他的能力的确没有得到更多公司的认可,或者换句话说,他的现任老板对他的评价基本上是客观的。

这就是只为薪水而工作的结果!

大多数人因为不满足于自己目前的薪水，而将比薪水更重要的东西也丢弃了，到头来连本应得到的薪水都没有得到。这就是只为薪水而工作的可悲之处。

　　不要担心自己的努力会被忽视。应该相信大多数的老板是有判断力和明智的。为了最大限度地实现公司的利润，他们会尽力按照工作业绩和努力程度来晋升积极进取的员工，那些在工作中能尽职尽责、坚持不懈的人，终会有获得晋升的一天，薪水自然会随之高涨。

　　如果我们发现自己的老板并不是一个睿智的人，并没有注意到我们所付出的努力，也没有给予相应的回报，那么也不要懊丧，我们可以换一个角度来思考：现在的努力并不是为了现在的回报，而是为了未来。我们投身于工作是为了自己，是在为自己而工作。人生并不是只有现在，而是有更长远的未来。

　　年轻人对于薪水常常缺乏更深入的认识和理解。其实，薪水只是工作的一种回报方式，刚刚踏入社会的年轻人更应该珍惜工作本身带给自己的报酬。譬如，艰难的任务能锻炼我们的意志，新的工作能拓展我们的才能，与同事的合作能培养我们的人格，与客户的交流能训练我们的品性。公司是我们成长中的另一所学校，工作能够丰富我们的经验,增长我们的智慧。与在工作中获得的技能与经验相比,微薄的薪水就会显得不那么重要了。公司支付给你的是金钱,工作赋予你的是可以令你终身受益的能力。

能力比金钱重要万倍,因为它不会遗失也不会被偷。许多成功人士的一生跌宕起伏,有攀上顶峰的兴奋,也有坠落谷底的失意,但最终能重返事业的巅峰,俯瞰人生。原因何在?是因为有一种东西永远伴随着他们,那就是能力。他们所拥有的能力,无论是创造能力、决策能力还是敏锐的洞察力,决非一开始就拥有,也不是一蹴而就,而是在长期工作中积累和学习得到的。

你的老板可以控制你的工资,可是他却无法遮住你的眼睛,捂上你的耳朵,阻止你去思考、去学习。换句话说,他无法阻止你为将来所做的努力,也无法剥夺你因此而得到的回报。

许多员工总是在为自己的懒惰和无知寻找理由。有的说老板对他们的能力和成果视而不见,有的会说老板太吝啬,付出再多也得不到相应的回报……

一个人如果总是为自己到底能拿多少工资而大伤脑筋的话,他又怎么能看到工资背后的成长机会呢?他又怎么能理会到从工作中获得的技能和经验,对自己的未来将会产生多么大的影响呢?这样的人只会逐渐将自己困在装着工资的信封里,永远也不会懂得自己真正需要什么。

我们不能命令老板做什么,但是我们却能让自己按照最佳的方式行事;我们不能要求老板有风度,但是我们应该要求自己做事有原则。你不应该因为老板的缺点而不努力工作,埋没了自己的才华,最终毁了自己的未来。

总之,不论你的老板有多吝啬、多苛刻,你都不能以此为由放弃努力。因为,我们不仅是为了目前的薪水而工作,我们还要为将来的薪水而工作,为自己的未来而工作。一句话,薪水是什么?薪水仅仅是我们工作回报的一部分。

世界上大多数人都在为薪水而工作,如果你能为自己的成长而工作,你就超越了芸芸众生,也就迈出了成功的第一步。

比尔·盖茨为什么还要工作

> 只有在追求"自我实现"的时候,人才会迸发出持久强大的热情,才能最大限度地发挥自己的潜能,最大程度地服务于社会。

比尔·盖茨的财产净值大约是 466 亿美元。如果他和他太太每年用掉一亿美元也要 466 年才能用完这些钱——这还没有计算这笔巨款带来的巨大利息。那他为什么还要每天工作?

斯蒂芬·斯皮尔伯格的财产净值估计为 10 亿美元,不像比尔·盖茨那么多,不过也足以让他在余生享受优裕的生活了,但他为什么还要不停地拍片呢?

美国 Viacom 公司董事长萨默·莱德斯通在 63 岁

时开始着手建立一个很庞大的娱乐商业帝国。63 岁，在多数人看来是尽享天年的时候，他却在此时做了很重大的决定，让自己重新回到工作中去，而且，他总是一切围绕 Viacom 转，工作日和休息日、个人生活与公司之间没有任何的界限，有时甚至一天工作 24 小时。你想他哪来的这么大的工作热情呢？

诸如此类的例子还有很多。那些拥有了巨额"薪水"的人们，不但每天工作，而且工作相当卖力。如果你跟着他们工作，一定会为工作时间太长而感到精疲力竭。那么，他们为何还要这么做，是为钱吗？

还是看看萨默·莱德斯通自己对此的看法："实际上，钱从来不是我的动力。我的动力是对于我所做的事的热爱，我喜欢娱乐业，喜欢我的公司。我有一种愿望，要实现生活中最高的价值，尽可能地实现。"

是的，正是这种自我实现的热情，使他们热衷于他们所做的事业，并非单纯地为了名和利，甚至当他们可以控制生活的时速时，他们的脚还是不会离开油门。

一些心理学家发现，金钱在达到某种程度之后就不再诱人了。人生的追求不仅仅只有满足生存需要，还有更高层次的需求，有更高层次的驱使。其中，实现自我的需要层次最高,动力最强。

　　一个人做他适宜且喜欢的工作,在工作中发挥最大的才华、能力和潜在素质,不断自我创造和发展,他就满足了自我实现的需要。有实现自我的动力的人,往往会把工作当作是一种创造性的劳动,竭尽全力去做好它,使个人价值得到确证和实现。在自我实现的过程中,他将体会到满足感,内心充实就如同植物发芽般迅速膨胀。

　　你难道从未感觉到满足感所带来的狂喜吗?你难道还没找到目标,没有获取成长的力量吗?你难道还没有推动力吗?那你还没有自我实现的强烈愿望。要知道,对于人生的真正意义的追求,能够使我们热血沸腾,使我们的灵魂燃亮。这种追求并不仅仅局限于一般意义上的维持生计,它在更高层次上与我们身边的社会息息相关,并且能够满足我们精神上的最终需求。

　　只有在追求"自我实现"的时候,人才会迸发出持久强大的热情,才能最大限度地发挥自己的潜能,最大程度地服务于社会。这种热情不只是外在的表现,它发自内心,来自你对自己工作的真心喜欢。

　　我们谈的不是瞬间的热情(这种偶尔的热情每个

人都体验过），而是可以驱动一个人达到不凡成就的持久热情。相比那些被薪水所驱动的前行者而言，为满足"自我实现"这一人类最高需求而奋斗的人只占少数，所以说，持久的热情在一般人当中就像钻石般少有，然而，在筑梦者和成功者当中，这种热情就像空气般普遍。

热情是梦想飞行的必备燃料。这种燃料一旦被点燃，将让你的引擎在飞行期间生气勃勃地持续运转。有史以来，热情驱使着世界上最杰出的人士，为追求"自我实现"而在他迷恋的领域里到达人类成就的巅峰，同时推动着社会的进步。就让热情也为你做同样的事吧。

即使你还没有达到自我实现的境界，你也不要麻痹自己——认为自己工作就是为了赚钱。不要对自己说："既然老板给的少，我就少干，没必要费心地去完成每一个任务。"或者安慰自己："算了，我技不如人，能拿到这些薪水也知足了。"而应该牢记，金钱只不过是许多种报酬中的一种，你所追求的是自我提高，所以要保持积极的工作态度。消极的思想会让你看不到自己的潜力，会让你失去前进的动力和信心，会让你放弃很多宝贵的机会，使你与成功失之交臂，也永远无法达到自我实现的最高境界。

认真工作是真正的聪明

> 无论你做什么工作，无论你面对的工作环境是松散还是严格，你都应该认真工作，不要老板一转身就开始偷闲，没有监督就没有工作。你只有在工作中锻炼自己的能力，使自己不断提高，加薪升职的事才能落到你头上。

夜晚，一个人在房间里四处搜索着什么东西。另一个人问道："你在找什么呢？"

"我丢了一枚金币。"他回答。

"你把它丢在房屋的中间，还是墙边？"另一个人问。

"都不是。我把它丢在房屋外面的草地上了。"他又回答。

"那你为什么不到外面去找呢?"

"因为那草地上没有灯光。"

也许你觉得这个人的思维逻辑很可笑。然而,我们经常会看到这样的事:有些员工不是在工作中寻找公司的重用,而是完全寄希望于投机取巧;有些员工则是以应付的态度对待工作,却希望得到老板的赏识,得不到就埋怨老板不能慧眼识英雄,慨叹命运之不公。他们和那个在房间里找金币的人犯了同样的错误,那就是在错误的地方寻找他们所要的东西。

一个想要找到金矿的采矿者,如果他认为在海滩上挖掘更容易,而因此就在那儿寻找金子的话,那他找到的肯定只是一堆堆沙子,而绝不可能是金子。只有在坚硬的石头和泥土中挖掘,才能找到想要的宝藏。同样,工作懒散,只能得到公司的解聘通知书;只有认真工作,才可能得到公司的重用,赢得升迁和加薪的机会。

大多数老板都是很精明的,他们都希望拥有更多优秀的员工,期望优秀员工给企业带来更多的利润。如果你能够认真尽到自己的职责,尽力完成自己应该做的事情,那么总有一天,你能够自如地从事自己想做的事,赢得自己想要的体面。

可惜的是,在现实的工作中,很多员工只知道抱怨公司,却不反省自己的工作态度,他们根本不知道被公司重用是建立在认真完成工作的基础上的。他们整天应付工作,并发出这样的言论:"何必那么认真呢";"说得过去就行了嘛";"现在的工作只是个跳板,那么认真干什么"。结果,他们失去了工作的动力,不能全身心地投入工作,更不能在工作中取得斐然成绩。最终,聪明反被聪明误,失去了本应属于自己的升迁和加薪机会。悔之晚矣!

杰克在一家贸易公司工作了1年,由于不满意自己的工作,他忿忿地对朋友说:"我在公司里的工资是最低的,老板也不把我放在眼里,如果再这样下去,总有一天我要跟他拍桌子,然后辞职不干。"

"你对那家贸易公司的业务都弄清楚了吗?对于做国际贸易的窍门完全弄懂了吗?"他的朋友问道。

"没有!"

"大丈夫能曲能伸!我建议你先静下来,认认真真地对待工作,好好地把他们的一切贸易技巧、商业文书和公司组织完全搞通,甚至包括如何书写合同等具体事务都弄懂了之后,再一走了之,这样做岂不是既出了气,又有许多收获吗?"

杰克听从了朋友的建议,一改往日的散漫习惯,开始认认真真地工作起来,甚至下班之后,还留在办公室研究商业文书的写法。

一年之后,那位朋友偶然又遇到他。

"你现在大概都学会了,可以准备拍桌子不干了吧?"

"可是我发现近半年来,老板对我刮目相看,最近更是委以重任了,又升职、又加薪,说实话,现在我已经成为公司的红人了!"

"这是我早就料到的!"他的朋友笑着说:"当初你的老板不重视你,是因为你工作不认真,又不肯努力学习;后来你痛下苦功,担当的任务多了,能力也加强了,当然会令他对你刮目相看了。"

认真工作才是真正的聪明。因为认真工作是提高自己能力的最佳方法。你可以把工作当作你的一个学习机会,从中学习处理业务,学习人际交往。长此下去,你不但可以获得很多知识,还为以后的工作打下了坚实的基础。认真工作的员工不会为自己的前途操心;因为他们已经养成了一个良好的习惯，到任何公司都会受到欢迎。相反，在工作中投机取巧或许能让你获得一时的便利，但却在心灵中埋下隐患，从长远来看，是有百害而无一利的。

古罗马人有两座圣殿：一座是勤奋的圣殿；另一座是荣誉的圣殿。他们在安排座位时有一个秩序，就是人们必须经过前者，才能达到后者。它们的寓意是，勤奋是通往荣誉的必经之路。

无论你做什么工作，无论你面对的工作环境是松散还是严格，你都应该认真工作，不要老板一转身就开始偷闲，没有监督就没有工作。你只有在工作中锻炼自己的能力，使自己不断提高，加薪升职的事才能落到你头上。反之，如果你做事得过且过，不认真工作，那你就会被老板毫不犹豫地排斥。

从来没有什么时候，老板像今天这样青睐认真工作的员工，并给予他们如此多的机会。老板往往会这样鼓励员工："认真干吧！把你的能力都发挥出来，还有更多的重任等着你呢！"他的意思就是说："认真工作吧，我会给你增加工资的。"当老板让你做更多的更重要的工作时，你的工资自然会提高，通往成功的大门也就徐徐拉开了。

今天工作不努力，
明天努力找工作

我遇到过许多工作不顺利的人，发现他们满腹的抱怨和痛苦。其实，他们自己所抱怨的并不是导致失业的最主要原因。恰恰相反，这种抱怨的行为刚好说明，他们倒霉的处境是自己一手造成的。

"我只拿这点钱，凭什么去做那么多工作，我干的活对得起这些钱就行了。"

"我们那个老板太抠门了，只给我们开这么点儿工资。"

"经理干的活也不比我多多少啊，可他的薪水却比我高出很多，他拿的多，就该干的多嘛，我只要对得起这份薪水就行了,多一点我都不干。"

通常情况下,许多企业员工都会有这样的抱怨。

抱怨公司的老板抠门;抱怨工作时间过长;抱怨公司管理制度过严……有时,这种抱怨的确能够赢得一些善良人的宽慰之词,它可使自己的内心压力暂时得到一定的缓解。诚然,口头的抱怨就其本身而言,不会直接给公司和个人带来经济损失。但是,持续的抱怨会使人的思想摇摆不定,进而在工作上敷衍了事;抱怨使人思想肤浅,心胸狭窄,一个将自己头脑装满了抱怨的人是无法容纳未来的,这只会使他们与公司的理念格格不入,更使自己的发展道路越走越窄,最后一事无成,只好被迫离职。

看看我们周围那些只知抱怨而不努力工作的人吧,他们从不懂得珍惜自己的工作机会。他们不懂得,丰厚的物质报酬是建立在认真工作的基础上的;他们更不懂得,即使薪水微薄,也可以充分利用工作的机会提高自己的技能。他们在日复一日的抱怨中,徒随岁长,而技能没有丝毫长进。最可悲的是,抱怨者始终没有清醒地认识到一个严酷的现实:在竞争日趋激烈的今天,工作机会来之不易。不珍惜工作机会,不努力工作而只知抱怨的人,总是排在被解雇者名单的最前面,不管他们的学历是否很高,他们的能力是否能够满足基本的工作要求。只能如此而已。

一天,我站在一家商店的皮鞋专柜前,和受雇于这家商店的一名年轻人聊天。他告诉我说,他在这家商店服务已经7年了,但由于这家公司的老板"目光短浅",他的工作业绩并未得到赏识,他非常郁闷,但同时,他似乎对自己很有信心:"像我这样一个学历不低、年轻有为的小伙子,还愁找不到一个体面而有前途的工作!"

正说着,有位顾客走到他面前,要求看看袜子。这位年轻店员对这名顾客的请求不理不睬,仍在继续向我发牢骚,虽然这位顾客已经显出不耐烦的神情,但他还是不理。最后,等他把话说完了,才转身对那位顾客说:"这儿不是袜子专柜。"

那位顾客又问,袜子专柜在什么地方。这位年轻人回答说:"你问总服务台好了,他会告诉你怎样找到袜子专柜。"

7年多来,这个内心抑郁可怜的年轻人一直不知道自己为什么没遇到"伯乐",没得到升迁和加薪。

3个月后,当我再次光顾这家商店时,没有再看见

你在为谁工作

那位满腹牢骚的小伙子。商店的另一名店员告诉我，上个月，公司人员调整时，他被解雇了。"当时，他非常费解……"

几个月后，一次偶然的机会，我在一条繁华的商业街上，又碰见了那个小伙子，他心情有些沉重，一改往日的"意气风发"。他说，时下经济不景气，找了几个月都没有找到满意的……

说完后，他匆匆离去，说是要去参加一个面试，虽然工作性质与原来的没有什么不同，薪水也不比原来的高多少，但他还是很珍惜这个面试机会，一定不能迟到。

试想，如果他懂得珍惜原来的工作机会，努力工作，今天就不需要这样努力地去找工作了。

我遇到过许多工作不顺利的人，发现他们满腹的抱怨和痛苦。其实，他们自己所抱怨的并不是导致失业的最主要原因。恰恰相反，这种抱怨的行为刚好说明，他们倒霉的处境是自己一手造成的。

我见到过许多整日来往于不同公司的人，可是他们并不是在为生意而忙碌，而是在到处寻找工作。

遗憾的是，大多数人总是在遭受"晴天霹雳"之后才会醒悟。

比如,当成绩一落千丈的时候,有的人才开始痛下决心好好念书;当入不敷出的时候,有的人才肯去尝试新观念、作出艰难的选择;当婚姻亮起红灯的时候,有的人才试着对伴侣表示关心;当失去工作时,有的人才懂得付出努力的重要。只有在到处碰壁的时候,人们才能学会人生最重要的课题。

人一般都有好逸恶劳的习性,按部就班的人不会没事找事,如果不是被环境所迫,多半都只会安于现状,不求上进。当屋顶塌下来的时候,他们只会问:"为什么倒霉的事总发生在我身上?"

其实,你一直拥有成为优秀员工的潜能,一直拥有被委以重任的时机,一直面对升迁和加薪的大门。但是,为什么一定要等到无路可走的时候,在遭遇人生的"晴天霹雳"之后,才试着改变自己的心态和做事方式呢?不要在平安舒服的日子里让光阴一点点溜走,不要在那里坐等"晴天霹雳"突然将你击倒。努力工作的人懂得,要把命运牢牢地掌握在自己手中,不给"晴天霹雳"击倒自己的机会。

只有我们拒绝成长,才会感觉到成长痛苦不堪。上天通常都是先用温和的报警来提醒我们,但当我们对他的报警置之不理时，他老人家就会重重地敲下一锤来。

从平凡的工作中脱颖而出，一方面由个人的才能决定，另一方面则取决于个人的进取心态。这个世界为那些努力工作的人大开绿灯，直到他生命的终结。

企业作为一个经济实体，以盈利为第一目的，为了达到这个基本目的，老板们常常要解雇那些不努力工作的员工，同时也吸收新的员工进来，这是每天都会有的一些常规的整顿工作。不管业务多么繁忙，这种优胜劣汰的现象一直在进行之中，不仅仅是在经济萧条时期。那些无法胜任、不忠诚敬业的人，都将被摒弃于就业大门之外，惟独拥有一定的技能并且努力工作的人，才会被留下。

今天工作不努力，明天必定要去努力找工作。

珍惜你现在的工作吧，即使是为了生存。

Chapter 2

你珍惜目前的工作机会了吗

Who Are You
Working For

钻石就在你家后院

其实,每一份工作都是一座宝贵的钻石矿。年轻人在展望未来的时候,不要浮躁,务必要认识到自己正在拥有的一切。至少在转换工作之前,一定要努力使自己专注于手中的具体工作,哪怕是看似平凡的琐碎工作。

从前有位名叫阿里·哈法德的波斯人,住在距离印度河不远的地方,他拥有大片的兰花花园、稻谷良田和繁盛的园林。他是一位知足而富有的人。有一天,一位年老的佛教僧侣前来拜访这位老农夫,他坐在阿里·哈法德的火炉边,向这位老农夫讲述钻石是如何形成的。最后,这位僧侣说:

"如果一个人拥有满满一手的钻石,他就可以买下整个国家的土地。要是他拥有一座钻石矿场,他就可以利用这笔巨额财富,把孩子送至王位。"

那天晚上上床时,阿里·哈法德变成了一个穷人——不是因为他失去了一切,而是因为他开始变得不满足。他想:"我要拥有一座钻石矿。"因此,他整夜难以入眠,第二天一大早就跑去询问那位僧侣在什么地方可以找到钻石。

"只要你能在高山之间找到一条河流,而这条河流是流淌在白沙之上的,那么,你就可以在白沙中找到钻石。"僧侣说。

于是他卖掉了农场,将利息收回,把家交给了一位邻居照看,然后就出发去寻找钻石了。

在人们看来,他最初寻找的方向是十分正确的,他先是前往月亮山区寻找,然后来到巴勒斯坦地区,接着又流浪到了欧洲,最后他身上带的钱全部花光了,衣服又脏又破。

在旅途的最后一站,这位历经沧桑、痛苦万分的可怜人站在西班牙巴塞罗那海湾的岸边,怀揣着那位僧侣所激起的得到庞大财富的诱惑,将自己投入了迎面而来

你在为谁工作

的巨浪中，从此永沉海底。

几十年后的一天，当阿里·哈法德的继承人（继承并居住在阿里·哈法德的庄园）牵着他的骆驼到花园里去饮水时，他突然发现，在那浅浅的溪底白沙中闪烁着一道奇异的光芒，他伸手下去，摸起了一块黑石头，石头上有一处闪亮的地方，发出彩虹般的美丽色彩。他把这块怪异的石头拿进屋里，放在壁炉的架子上，继续去忙他的工作，把这件事给完全忘掉了。

几天后，那位曾经告诉阿里·哈法德钻石是如何形成的僧侣，前来拜访阿里·哈法德的继承人。当看到架子上的石头所发出的光芒时，他立即奔上前去，惊奇地叫道："这是一颗钻石！这是一颗钻石！阿里·哈法德已经回来了吗？"

"没有，还没有，阿里·哈法德还没回来。那块石头是在我家的后花园里发现的。"

"我只要看一眼，就知道它是不是钻石，"这位僧侣说，"这确实是一颗钻石！"

然后，他们一起奔向花园，用手捧起河底的白沙，发现了许多比第一颗更漂亮更有价值的钻石。

这就是印度戈尔康达（Golconda）钻石矿被发现的

经过。戈尔康达钻石矿是人类历史上最大的钻石矿,其价值远远超过南非的金百利(Kimberley)。英国国王皇冠上的库伊努尔大钻石(Kohinoor,106克拉),以及镶在俄国国王王冠上的那颗世界上最大的钻石,都取自那处钻石矿。

这是美国演说家鲁塞·康维尔的著名演讲《钻石就在你家后院》的开篇故事,它讲述了当时世界上最大的钻石矿——戈尔康达钻石矿的传奇发现经过。50年内,鲁塞·康维尔走过了美国各大州,在全美大小城市亲自讲演《钻石就在你家后院》达6,000余次,他的演讲曾激励过两代美国人在自己的工作岗位上勤奋耕耘。

1888年,鲁塞·康维尔陆续用演讲所得的400万美元演讲费(相当于现在的1.45亿美元),建成了美国著名的Temple大学。

一个世纪后的今天,当我们再次"聆听"戈尔康达钻石矿的发现经过,在抛弃其纯粹的偶然性和传奇色彩后,我们仍然会被故事背后的深刻寓意所惊醒和震撼。

你是不是也经常希望别人的草地就是自己的,却很少去整治自家的草地?你仔细看过自己脚下的土地了吗?你注意自己手头的工作了吗?认真分析过手头工

你在为谁工作

作可能给自己带来的机遇和巨大财富了吗？还是每天都在羡慕朋友的工作,甚至感叹成功者的机遇之可遇不可求？

　　"如果一个年轻人在他的工作和生活中不能发现任何机会,而他认为自己可以在其他地方做得更好,那么他会感到非常的灰心失望。"这是著名成功学家奥格森·马登给年轻人的忠告。

　　年轻人常常有几分傲气,如果再有较好的学历,比人高一等的本领,傲气当然就更盛了。他们对工作的理想太高,往往高不成低不就。基于这种心理,这些表面上看起来优秀的青年人,往往会对已有的工作感到不满,稍遇挫折或被老板或主管说了几句,就兴起"拂袖而去"的念头。

　　大部分年轻人不能清晰地意识到,自己手头的平凡工作就是一座宝贵的钻石矿,只要好好挖掘——全力以赴、尽职尽责地做好目前所做的工作,就能找到属于自己的"钻石"——包括职位的上升和财富的增加。相反,许多人心态浮躁,他们总想:"做这份工作,有什么希望可言？""混呗,干这差使能有什么出头之日！"对工作总是心灰意冷的人,不可能踏踏实实地做好本职工作。他们坚信世界上有很多挣钱或者成功的机会，于是他们焦急地等待，等待另外的时间，另外的地点，另外的行业，另外的工作职位，但绝不是现在，绝不是手头上这个日久生厌的工作；他们设想如何在将来提高自己，但却不珍惜眼前的机会。他们会像故事中的阿里·哈法德一样，在漠视自己的工作的过程中抛弃了本应属于自己的宝藏。

还有一些人，他们有一定的才华，但并没有把才华用在手头的工作中，而是将宝贵的青春时间用在评论已经挖到"钻石"的人上。看到别人事业有成，挖到了"钻石"，他们撇撇嘴，一副不屑一顾的样子："那算什么，有他那机会，我会比他更成功。"这些人的可悲之处在于，他们在设想"如果……"的过程中，浪费了青春，磨灭了激情，耗尽了才华。等他们想起要收拾自己荒芜的庭院时，草深已不可除，要想从头再来，也许要付出比别人多几十倍的努力。只是，条件容许他们从头再来吗？而且，他们很有可能因为玩忽职守早就被老板解聘，再也没有机会找到本应属于自己的"钻石"。

无论做什么工作，只要沉下心来，脚踏实地地去做，都能得到收获。一个人把时间花在什么地方，就会在那里看到成绩，只要你的努力是持之以恒的。

　　看看自己脚下的土地吧！其实，每一份工作都是一座宝贵的钻石矿。年轻人在展望未来的时候，不要浮躁，务必要认识到自己正在拥有的一切。至少在转换工作之前，一定要努力使自己专注于手中的具体工作，哪怕是非常平凡的琐碎工作。

缺少机会是浮躁之人的借口

能够从日复一日的工作中发现机遇是非常重要的,尽管机遇所带来的近期回报可能很少,甚至微不足道,但是,我们不能把眼光局限在自己得到了什么,而应当看到"我们能够得到这个机遇"本身的价值。

年轻人往往充满梦想,这是件好事情。但年轻人还需要尽快懂得:梦想只有在脚踏实地的工作中才能得以实现。许多浮躁的人曾经都有过梦想,却始终无法实现,最后只剩下牢骚和抱怨,他们把这归因于缺少机会。

机会!生活和工作中到处充满着机会:学校中的每一堂课都是一次机会;每次考试都是生命中的一次机

会;报纸上的每一篇文章都是一个机会;每个客户都是一个机会;每次训诫都是一个机会;每笔生意也都是一个机会。这些机会带来成长的养分,带来勇敢,培养品德,赢得朋友。对你的能力和荣誉的每一次考验都是宝贵的机会。

脚踏实地的耕耘者在平凡的工作中创造了机会,抓住了机会,实现了自己的梦想;而不愿注意手中的工作细节的人,只能在等待机会的焦虑之中,度过了并不愉快的一生。

约翰·格兰特在一家五金商店工作,每周只能赚2美元。他刚一进商店时,老板就对他说:"你必须对这个生意的所有细节熟门熟路,这样你才能成为一个对我们有用的人。"

"一周2美元的工作,还值得认真去做?"与格兰特一同进公司的年轻同事不屑地说。

然而,这个简单得不能再简单的工作,格兰特却干得非常用心。

经过几个星期的仔细观察,年轻的格兰特注意到,每次老板总要认真检查那些进口的外国商品的账单。由于那些账单使用的都是法文和德文,于是,他开始学习法文和德文,并开始仔细研究那些账单。一天,他的老板在检查账单时突然觉得特别劳累和厌倦,看到这种情况后,格兰特主动要求帮助老板检查账单。由于他干得实在是太出色了,以后的账单自然就由格兰特接管了。

一个月后的一天,他被叫到一间办公室。老板对他说:"格兰特,公司打算让你来主管外贸。这是一个相当重要的职位,我们需要能胜任的人来主持这项工作。目前,在我们公司有20名与你年龄相仿的年轻人,只有你看到了这个机会,并凭你自己的努力,用实力抓住了它。我在这一行已经干了40年,你是我亲眼见过的3位能从工作琐事中发现机遇并紧紧抓住它的年轻人之一。其他2个人,现在都已经拥有了自己的公司,并且小有建树。"

格兰特的薪水很快就涨到每周10美元。一年后,他的薪水达到了每周180美元,并经常被派驻法国、德国。他的老板评价说:"约翰·格兰特很有可能在30岁之前成为我们公司的股东。他已经从平凡的外贸主管的工作中看到了这个机遇,并尽量使自己有能力抓住这个机遇,虽然做出了一些牺牲,但这是值得的。"

能够从日复一日的工作中发现机遇是非常重要的,

你在为谁工作

尽管机遇所带来的近期回报可能会很少,甚至微不足道,但是,我们不能把眼光局限在自己得到了什么,而应当看到"我们能够得到这个机遇"本身的价值。现在的许多年轻人都不会像格兰特那样愿意接受每周2美元的工作,因为他们觉得自己的付出,远远大于所得到的这区区2美元。但事实上,正是这份每周2美元的工作为格兰特每周180美元的工作奠定了基础,并为格兰特最终成为公司最年轻的股东奠定了基础。

人们往往对自己身边的事情熟视无睹,也往往看不出日复一日的工作琐事中有什么值得挖掘的机会。初入社会的年轻人很容易将机会与运气混为一谈,其实,机会与运气是完全不同的两个概念。运气,不需要做任何准备,只要碰上了,不费吹灰之力便能够财运亨通或直上青云。运气具有非常大的偶然性,任何人都不能拿自己的一生去赌。而机会,则常常把自己打扮成挑战或挫折的样子,只有那些在平凡工作中善于用心并敢于接受挑战的人,才能发现,并抓住机会。

一个长期在公司底层挣扎,时刻面临着失业危险的中年人来到我的办公室。他讲话时神情激昂,抱怨老板不愿意给自己机会。

"哦?!"这样的抱怨我有些耳熟。

"前些日子,公司派我去海外营业部,但我觉得,像我这把年纪的人,怎么能经受如此的折腾呢。"他义愤填膺。

"为什么你会认为这是一种折腾,而不是一个机会呢?"我问。

"难道你还看不出来吗? 公司本部有那么多职位,却让我这个年纪一大把的人,去如此遥远的地方。"

我无法确认这个离家有些遥远的职位是否真的不适合一位中年男子。如果是的话,我更希望他能试着去改变一些对自己不利的条件,同时努力克服一些障碍,将挑战变成一个通往成功机会的大门,也不枉自己为此所做出的一些个人牺牲。

成功者不善于也不需要编织任何借口,因为他们能为自己的行为和目标负责,也能享受自己努力的成果。"缺少机会"则往往是那些不愿意付出努力的人用来原谅自己的借口。

在极其平凡的职业中,在极其低微的岗位上,也时常蕴藏着巨大的机会。只要勤勤恳恳地把自己的工作做得比别人更迅速、更正确、更专注、更完美,只要调动自己全部的智慧,全力以赴,就能发现机遇,推开通往成功的大门。

两个以上的目标等于没有目标

日本有句谚语叫做"滚石不生苔",所谓"滚石不生苔"是指不在一个地方稳定下来而一直四处打转的话,就不会得到现实的收获。这里的"苔"指的是经验、资产、技巧、信用等。

美国著名半导体公司德州仪器公司的口号是:"写出两个以上的目标就等于没有目标。"这句话不仅适用于公司经营,对个人工作也有指导。

"年轻人事业失败的一个根本原因,就是精力太分散。"这是戴尔·卡耐基在分析了众多个人事业失败的案例后得出的结论。事实的确如此,许多生活中的失败者几乎都在好几个行业中艰苦地奋斗过。然而如果他们的努力能集中在一个方向上,就足以使他们获得巨大的成功。

"瞧这儿,"一个农场主对他新来的帮手杰罗克说,"你这种犁法是不行的,你都犁歪了,在这样弯曲的犁沟中,玉米会长得很混乱。你应该让你的眼睛盯住田地那边的某样东西,然后以它为目标,朝它前进。大门旁边的那头奶牛正好对着我们,现在把你的犁插入土地中,然后对准它,你就能犁出一条笔直的犁沟了。"

"好的,先生。"

10分钟以后,当农场主回来时,他看见犁痕弯弯曲曲地遍布整个田野。

"停住! 停在那儿!"

"先生,"杰罗克说,"我绝对是按照你告诉我的在做,我笔直地朝那头奶牛走去,可是她却老是在动。"

因为目标总是在变动,你就不得不在这个目标和那个目标之间疲于奔命,这是一种没有目的、缺少头脑,而且非常笨拙的工作方法。这种行事方法除了招致失败以外,还能带来什么呢?

试想，有这样一个人，他只有一种技能，但是他把自己所有的力量都集中于一个毫不动摇的目标之上。而另外一个人，他很有头脑，但把他的精力分散开来，而且从不知道接下来该做什么，我们可以这样断言：前者将会取得更多的成就。没有任何东西可以代替一个专注的目的，教育不能，天分不能，才智不能，勤奋不能，意志的力量更不能。没有一个专注目标的人生，注定是一个失败的人生。

我曾经遇到过一个刚从学校出来的年轻人，个人素质很高，工作能力很强，也有着同龄人所特有的积极进取心。他周围的许多同学和同事都认为，他是一个前途无量的人。但是，在后来的10年中，他制定过许多人生目标，却没有一次是从自己的实际工作出发的。一天到晚，不是忙着考托福就是考注册会计师，今天想出国，明天想开公司。年轻人的那股冲劲和激情全部被他挥洒在工作周围的事情上了。

眼看着那些有些"愚钝"的同龄"老黄牛"被公司重用，而自己的诸多梦想都没有开花，他除了抱怨世界之不公外，还把"此处不留爷，自有留爷处"的口头禅挂在嘴上，以缓解内心的苦闷和彷徨。

在专业化程度越来越高的现代社会,工作对个人的知识和经验不断提出了更高、更广、更深的要求。一个做事时总是摇摆不定、变来变去的人,只会将自己长时间积累的职业经验和资源都舍弃了,无法强化自己的专业知识,无法形成自己的核心能力,也就无法超越他人。这样的人在社会上是没有立足之地的。

日本有句谚语叫做"滚石不生苔",所谓"滚石不生苔"是指不在一个地方稳定下来而一直四处打转的话,就不会得到现实的收获。这里的"苔"指的是经验、资产、技巧、信用等等。

一个人离开原来的工作转而从事新的工作,他的损失是相当大的,如多年来他所积累的资历、职位、经验和人际关系网络等等,也就是说,过去花费在这份工作上的时间成本可能变得完全无用了。另外,人都是有行为定式和心理惰性的,到了一定的年龄,经验增长了许多,锐气却也消磨了不少,这是一种资源损失,也能使很多人缺乏面对新挑战的勇气和决心。

当然,年轻人在事业的开端有多个目标是很正常的。这好比罗盘指针在被磁化之前所指的方向是不确定的,只有在被磁石磁化而具有特殊属性之后,才成为罗盘。同样,一个人一开始可能确定不了自己的方向,在经过一段时间的摸索,他最终必须确定一个自己发展的目标。

如果确定的目标被证明是正确的,那就应该像卫星导航船一样,坚定不移地为目标而奋斗。风平浪静时,卫星导航船将一直朝着它要到达的港口航行。当风起云涌时,卫星导航船即使在狂风暴雨中也会一直坚持着它的航线。卫星导航船在海中航行时永远只会看到一样东西,那就是它所要到达的港口。不管天气怎么样,或者它遇到什么样的困难,它到达港口的时间会在几小时之内就被预测出来。一艘想到达波士顿的船绝不会在纽约出现。

对工作心怀感激

在工作中不管做任何事,都应将自己的心态回归到零:把自己放空,抱着学习的态度,将每一次任务都视为一个新的开始,一段新的体验,一扇通往成功的机会之门。千万不要视工作如鸡肋,食之无味,弃之可惜,结果做得心不甘情不愿,于公于私都没有裨益。

生而为人,要感谢大众的恩惠,感谢父母的恩惠,感谢师长的恩惠,感谢国家的恩惠;没有大众助益,没有父母养育,没有师长教诲,没有国家爱护,我们何能存于天地之间? 所以,感恩不但是美德,而且是一个人之所以为人的基本条件!

感恩已经成为一种普遍的社会道德。然而，人们常常为一个陌路人的点滴帮助而感激不尽，却无视朝夕相处的老板的种种恩惠和工作中的种种机遇。这种心态总是导致他们轻视工作，并把公司、同事对自己的帮助视为理所当然，还时常牢骚满腹、抱怨不止，也就更谈不上恪守职责了。

每一份工作或每一个工作环境都无法尽善尽美，但每一份工作中都有许多宝贵的经验和资源，如失败的沮丧、自我成长的喜悦、温馨的工作伙伴、值得感谢的客户等等，这些都是工作成功者必须体验的感受和必须具备的财富。如果你能每天怀着感恩的心情去工作，在工作中始终牢记"拥有一份工作，就要懂得感恩"的道理，你一定会收获很多。

一种感恩的心态可以改变一个人的一生。当我们清楚地意识到无任何权力要求别人时，就会对周围的点滴关怀或任何工作机遇都怀有强烈的感恩之情。因为要竭力回报这个美好的世界，我们会竭力做好手中的工作，努力与周围的人快乐相处。结果，我们不仅心情会更加愉快，所获帮助也会更多，工作会更出色。

有位父亲告诫刚踏入社会的儿子："遇到一位好老

板,要忠心为他工作;假如第一份工作就有很好的薪水,那算你的运气好,要努力工作以感恩惜福;万一薪水不理想,就要懂得在工作中磨练自己的技艺。"

这位父亲是睿智的,所有的年轻人都应将这些话牢牢地记在心底,始终秉持这个原则做事。即使起初位居他人之下,也不要计较。在工作中不管做任何事,都应将心态回归到零:把自己放空,抱着学习的态度,将每一次任务都视为一个新的开始,一段新的体验,一扇通往成功的机会之门。

一旦做好心理建设,拥有健康的心态之后,不论做任何事都能心甘情愿、全力以赴,当机会来临时才能及时把握住。千万不要视工作如鸡肋,食之无味,弃之可惜,结果做得心不甘情不愿,于公于私都没有裨益。

对工作心怀感恩的心情基于一种深刻的认识:工作为你展示了广阔的发展空间,工作为你提供了施展才华的平台。你对工作为你所带来的一切,都要心存感激,并力图通过努力工作以回报社会来表达自己的感激之情。

感恩既是一种良好的心态,又是一种奉献精神,当你以一种感恩图报的心情工作时,你会工作得更愉快,你会工作得更出色。

你在为谁工作

真正的感恩应该是真诚的、发自内心的感激，而不是为了某种目的，迎合他人而表现出的虚情假意。与溜须拍马不同，感恩是自然的情感流露，是不求回报的。时常怀有感恩的心情，你会变得更谦和、可敬且高尚。每天都用几分钟时间，为自己能有幸拥有眼前的这份工作而感恩，为自己能进这样一家公司而感恩。

对工作心怀感激并不仅仅有利于公司和老板。"感激能带来更多值得感激的事情"，这是宇宙中的一条永恒的法则。请相信，努力工作一定会带来更多更好的工作机会和成功机会。除此之外，对于个人来说，感恩赋予我们富裕的人生。感恩是一种深刻的感受，能够增强个人的魅力，开启神奇的力量之门，发掘出无穷的智能。感恩也像其他受人欢迎的特质一样，是一种习惯和态度。

失去感激之情，人们会马上陷入一种糟糕的境地，对许多客观存在的现象日益挑剔甚至不满。如果你的头脑被那些令你不满的现象所占据，你就会失去平和、宁静的心态，并开始习惯于注意并指责那些琐碎、消极、猥琐、肮脏甚至卑鄙的事情。放任自己的思想关注阴暗的事情，你自己也将变得阴暗，并且，从心理上，你会感觉阴暗的事情越来越多地围绕在你身边,让你难以摆脱。相反,把你的注意力全部集中在光明的事情上,你将会变成一个积极向上的人,一个大有作为的人。

不要浪费时间去分析和抨击高高在上的公司官僚,不要无休止地指责和厌恶在某些方面不如自己的部门主管。指责别人不能提高自己,相反,抨击和指责他人只能破坏自己的进取心,徒增莫名的骄傲和自大情绪。请相信市场永远是公平的,它会以自己的方式去实现公平。一切降低公司效益的行为和个人终将被清除,那些风光一时的不称职者终将被社会无情淘汰。

我规劝那些牢骚满腹的年轻人,将目光从别人的身上转移到自己手中的工作上,心怀对工作的感激之情,多花一些时间,想想自己还有哪些需要改进和提高的地方,看看自己的工作是否已经做得很完美了。如果你每天能怀着一颗感恩的心而不是抱怨的心态去工作,相信工作时的心情自然是愉快而积极的,工作的结果也将大不相同。

带着一种从容、坦然、喜悦的感恩心情去工作吧!你会获取最大的成功。

时刻准备着，
当机会来临时你就成功了

> 人不是靠偶尔撞在木桩上的兔子获得成功的。事实上，通常我们所说的命运的转折点，只是综合我们之前的努力所取得成绩的机会。美国哈佛大学的著名校训就精辟地诠释了勤奋、机遇和成功三者之间的关系：时刻准备着，当机会来临时你就成功了。

从很大程度上讲，人是机遇的产物。我们在评价一个人的能力以及他的成就时，我们不能完全忽略机遇的重要性。在时间的重要性和价值之间没有均衡，一个出乎意料的 5 分钟就可能决定了一个人的命运。

但是，人不是靠偶尔撞在木桩上的兔子获得成功的。事实上，通常我们所说的命运转折点，只是综合我们之前的努力所取得成绩的机会。美国哈佛大学的著名校训就精辟地诠释了勤奋、机遇和成功三者之间的关系：时刻准备着，当机会来临时你就成功了。

麦克阿瑟将军说过："召集军队上战场的军号声对于军人来说，就是一种机会。但是，这嘹亮的军号声，绝不会使军人勇敢起来，也不会帮助他们赢得战争，机会还得靠他们自己来把握。"促使一个人抓住机遇并走向成功的，正是他的个性及个人能力。

偶然的机会只对那些勤奋工作的人才有意义。

流传甚广的奥尔·布尔的一件轶事能够更好地说明这个道理。这位杰出的小提琴家，多年以来一直坚持不懈地练习拉琴。通过不断地练习，他的琴艺早已成熟到后来他出名时的那个程度了，但是他始终还是默默无闻，不为大众所知。

一次，当这个来自挪威的年轻乐手正在演奏的时候，著名女歌手玛丽·布朗恰巧从窗外经过。奥尔·布尔的演奏使她如醉如痴，她从来没有想到小提琴能够演奏出如此优美动人的音乐，她赶紧询问了这个不知名乐手的姓名。随后不久,在一次影响力极大的演出中,由于她突然与剧场经理发生了分歧,就临时取消了自己的节目,奥尔·布尔被派到前台救场。面对云聚起来的大批观众,奥尔·布尔演奏了一个多小时,就是这一个多小时,使奥尔·布尔登上了世界音乐殿堂的巅峰。对于奥尔·布尔而言,那一个小时便是机遇,只不过,他早已为此做好了准备。

成功的秘密在于:当机遇来临的时候,你已经做好了把握住它的准备。对于那些懒惰者来说,再好的机遇,也不会降临到他的头上;再大的机遇,也只会彰示他的无能和丑陋,使他变得荒唐可笑。只有坚持不懈的努力者,他的运气迟早会到来。

老板总是喜欢办事认真、不出差错的员工。如果一个木匠必须亲眼看着徒弟的工作,才能肯定他没有做错的话;或是一个银行司库员必须亲自核查他的簿记员的账本,方能肯定准确无误的话,那么与其让别人来做,还不如自己亲自来做!所以,老板会马上炒这些不称职员工的鱿鱼,更不用说要给他们机会了。当一个人"撞上"了一个好职位的时候,并不仅仅是因为他利用了什么有利的条件,而是因为他已经为得到那份工作做了多年的准备。

每一天,都要尽心尽力地工作,每一件小事情,都要力争高效地完成。尝试着超越自己,努力做一些份外的事情,不是为了看到老板的笑脸,而是为了自身的不断进步。即或是在同一个公司或同一个职位上,机遇没有光临,但在你为机会的来临而时时准备的行动中,你的能力已经得到了拓展和加强,实际上,你已经为未来某一个时间创造出了另一个机遇。

谨记哈佛校训:时刻准备着,当机会来临时你就成功了。

你在为谁工作

Chapter /3

敬业,最完美的工作态度

Who Are You
Working For

态度就是竞争力

在公司里，员工与员工之间在竞争智慧与能力的同时，也在竞争态度。一个人的态度直接决定了他的行为，决定了他对待工作是尽心尽力还是敷衍了事，是安于现状还是积极进取。

每个人都有不同的职业轨迹，有的人成为公司里的核心员工，受到老板的器重；有的人一直碌碌无为，不被人知晓；有些人牢骚满腹，总认为自己与众不同，而到头来仍一无是处……众所周知，除了少数天才，大多数人的禀赋相差无几。那么，是什么在造就我们、改变我们？是"态度"！态度是内心的一种潜在意志，是个人的能力、意愿、想法、价值观等在工作中所体现出来的外在表现。

在企业之中，我们可以看到形形色色的人。每个人都持有自己的工作态度。有的勤勉进取；有的悠闲自在；有的得过且过。工作态度决定工作成绩。我们不能保证你具有了某种态度就一定能成功，但是成功的人们都有着一些相同的态度。

企业中普遍存在着三种人。

第一种人：得过且过。

玛丽的口头禅是："那么拼命干什么？大家不是拿着同样的薪水吗？"

玛丽从来都是按时上下班，按部就班；职责之外的事情一概不理，分外之事更不会主动去做。不求有功，但求无过。

一遇挫折，她最擅长的就是自我安慰："反正晋升是少数人的事，大多数人还不是像我一样原地踏步，这样有什么不好？"

第二种人：牢骚满腹。

史密斯永远悲观失望，他似乎总是在抱怨他人与环境，认为自己所有的不如意，都是由环境造成的。

他常常自我设限，使自己的无限潜能无法发挥。他其实也是一个有着优秀潜质的人，然而，却整天生活在负面情绪当中，完全享受不到工作的乐趣。

他总是牢骚满腹，这种消极情绪会不知不觉地传染给其他人。

第三种人：积极进取。

在企业里，人们经常可以看到桑迪忙碌的身影，他热情地和同事们打着招呼，精神抖擞，积极乐观，永争第一。

桑迪总是积极地寻求解决问题的办法，即使是在项目受到挫折的情况下也是如此。因此，他总能让希望之火重新点燃。

同事们都喜欢和他接触，他虽然整天忙忙碌碌，但却始终保持乐观的态度，时刻享受工作的乐趣。

一年后，玛丽仍然做着她的秘书工作，上司对她的评价始终不好不坏。一年一度的大学生应聘热潮又开始了，上司开始关注起相关的简历来，也许，新鲜的血液很快就会补充进来，玛丽的处境似乎有些不妙。

人们已经很久没有见到史密斯，去年经济不景气，公司裁员，部门经理首先就想到了他。经济环境不好，公司更需要增加业绩、团结一致，史密斯却除了发牢骚，还是发牢骚。第一轮裁员刚刚开始，史密斯就接到了解聘信……

而桑迪还是那么积极进取，忙碌的身影依然随处可见，他已经从销售员的办公区搬走，这一年，他被提升为销售经理，新的挑战才刚刚开始。

在公司里，员工与员工之间在竞争智慧与能力的同时，也在竞争态度。一个人的态度直接决定了他的行为，决定了对待工作他是尽心尽力还是敷衍了事，是安于现状还是积极进取。态度越积极，决心越大，对工作投入的心血也越多，从工作中所获得的回报也就相应地更为理想。

玛丽、史密斯、桑迪三人，一个面临失业的危险，一个已经被解聘，一个得到晋升。这并不是说得到晋升的桑迪比史密斯、玛丽在智力上更突出，而是不同的工作态度导致的。尤其是在一些技术含量不高的职位上，大多数人都可以胜任，能为自己的工作表现增加砝码的也就只有态度了。这时，态度就是你区别于其他人，使自己变得重要的一种能力。

那些慵懒怠惰的人、那些态度上不具备竞争力的人只注重事物的表象,无法看透事物的本质。他们只相信运气、机缘、天命之类的东西。看到他人工作出色,他们就说:"那是天分!"看到人家屡次加薪,他们就说:"那是幸运。"发现有人为老板所重用,他们就说:"那是机缘。"

事实上,不管你所工作的机构有多庞大,也不管它有多么糟糕,每个人在这个机构中,都能有所作为。某些上司并不称职,喜欢对员工的工作设置障碍,或对员工的出色表现视而不见,或者不能充分赏识和鼓励积极进取的员工;也有一些上司愿意对员工进行培训,帮助员工提高业绩,并给予员工充分的鼓励。但不管环境的利弊,最终,卓越的工作表现,都需要积极的态度。

一开始,你会觉得坚持这种态度很不容易,但最终你会发现这种态度成了你个人价值的一部分。而当你体验到他人的肯定给你的工作和生活所带来的帮助时,你就会一如既往地秉持这种态度做事。

态度就是竞争力,积极的工作态度始终是你脱颖而出的砝码,拥有它,你将在竞争激烈的职场上走得更顺利。

工作中无小事

> 把每一件简单的事做好就是不简单;把每一件平凡的事做好就是不平凡。

作为普通人,在大量的日子里,很显然都在做一些小事,怕只怕小事也做不好,小事也做不到位。其实身边本无小事,很多人,不屑于做具体的事,不屑认真对待小事和细节,总盲目地相信"天将降大任于斯人也"。孰不知能把自己所在岗位上的每一件事做成功,做到位就很不简单了。

把每一件简单的事做好就是不简单;把每一件平凡的事做好就是不平凡。

汤姆·布兰德,起初只是美国福特汽车公司一个制造厂的杂工,就是在做好每一件小事中获得了成长,并最终成为福特公司最年轻的总领班。在有着"汽车王国"之称的福特公司里,32岁就升到总领班的职位,的确不是一件容易的事。他是怎么升起来的?

汤姆是在20岁时进入工厂的。工作一开始,他就对工厂的生产情形做了一次全盘的了解。他知道一部汽车由零件到装配出厂,大约要经过13个部门的合作,而每一个部门的工作性质都不相同。

他当时就想:既然自己要在汽车制造这一行做一番事业,就必须对汽车的全部制造过程都能有深刻的了解。于是,他主动要求从最基层的杂工做起。杂工不属于正式工人,也没有固定的工作场所,哪里有零活就要到哪里去。因为这项工作,汤姆才有机会和工厂的各部门接触,因此对各部门的工作性质有了初步的了解。

在当了一年半的杂工之后,汤姆申请调到汽车椅垫部工作。不久,他就把制椅垫的手艺学会了。后来他又申请调到点焊部、车身部、喷漆部、车床部等部门去工作。在不到五年的时间,他几乎把这个厂的各部门工作都做过了。最后他又决定申请到装配线上去工作。

汤姆的父亲对儿子的举动十分不解,他质问汤姆:

"你工作已经五年了,总是做些焊接、刷漆、制造零件的小事,恐怕会耽误前途吧?"

"爸爸,你不明白。"汤姆笑着说:"我并不急于当某一部门的小工头。我以能胜任领导整个工厂为工作目标,所以必须花点时间了解整个工作流程。我正在把现有的时间做最有价值的利用,我要学的,不仅仅是一个汽车椅垫如何做,而是整辆汽车是如何制造的。"

当汤姆确认自己已经具备管理者的素质时,他决定在装配线上崭露头角。汤姆在其他部门干过,懂得各种零件的制造情形,也能分辨零件的优劣,这为他的装配工作增加了不少便利。没有多久,他就成了装配线上最出色的人物。很快,他就晋升为领班,并逐步成为 15 位领班的总领班。如果一切顺利,他将在一两年内升到经理的职位。

在工作中,没有任何一件事情,小到可以被抛弃;没有任何一个细节,细到应该被忽略。同样是做小事,不同的人会有不同的体会和成就。不屑于做小事的人做起事来十分消极,不过只是在工作中混时间;而积极的人则会安心工作,把做小事作为锻炼自己、深入了解公司情况、加强公司业务知识、熟悉工作内容的机会,利用

你在为谁工作

小事去多方面体味，增强自己的判断能力和思考能力。

　　杂工是属小事的范畴，汤姆却可以从中获得对各部门的工作性质和工作环境的认识，为实现最终的职业目标打下了基础；做椅垫是属小事的范畴，汤姆却可以将做椅垫的手艺透彻掌握，当他晋升为管理者时，他会比其他没有接触过椅垫制做工艺的人更懂得如何有效地管理椅垫部门的工作，应该注意哪些不同于其他部门的细节问题。他利用在每一个部门埋头苦干做小事的机会多方面的去体验，对厂里的各部门做了深入的了解，发现了公司现有管理体制上的许多症结。虽然他仍是一个工人，但他的经验、他的见解，已超越了普通工人。换言之，他已拥有领导全厂工人的能力和素质。他在小事中所获得的成长是巨大的。

　　绝大多数初入职场的年轻人，不管在哪个领域，从事什么样的工作，都会经历一段或长或短的做小事的"蘑菇"期。在那段时间里，年轻人就像蘑菇一样被置于阴暗的角落（在不受重视的部门，做着打杂跑腿的工作），时常有大粪临头（无端的批评、指责、代人受过），处于自生自灭的状态（得不到必要的指导和提携）。无论多么优秀的人才，在工作初期都有可能被派去做一些琐碎的小事。在这种情况下，有一句重要的忠告需要年轻人铭记在心：与其浑浑噩噩浪费时间，不如从你经手的每一件琐事、每一件小事中得到成长。

年轻人最宝贵的资源是时间，如果不充分利用时间来换取其他的资源，而是敷衍了事，那最后的结果只能是白白地浪费了用在"小事"上的时间资源，没有任何收获。这无疑是所有可悲事情中最可悲的一种，一年甚至几年的时间流逝了，你却依然揣着最初的资源，甚至更少。

任何事情就怕养成习惯。据说，柏拉图因为一个小孩玩一个荒唐的游戏而责备他。小孩子说："就因为这点小事，你就责备我？"柏拉图回答说："如果养成了习惯，可就不是件小事了。"如果你懒得尽心去做小事，养成了马虎懒散的工作作风，那情形会更糟。当你应该胜任的大事摆在你面前时，你就会不由自控地以一贯的作风去做它，结果可想而知。

大事是由众多的小事积累而成的，忽略了小事就难成大事。从小事开始，逐渐锻炼意志，增长智慧，日后才能做大事，而眼高手低者，是永远做不成大事的。你面对小事时的心态，可以折射出你的综合素质，以及你区别于他人的特点。"以小见大""见微知著",从做小事中得到认可,赢得人们的信任,你才能得到干大事的机会。

一个人的工作,是他亲手制成的雕像,是美丽还是丑恶,是可爱还是可憎,都是由他一手造成的。而一个人在工作中所做的每一件小事,无论是写一封信,出售一件货物,或者打一个电话,都在说明雕像或美或丑,或可爱或可憎。老板只要通过观看雕塑,就能对其人作出评判。

所以,不管你正处于"蘑菇"时期,还是你做的工作本身就包括许多小事,你都应该全心全意做好,这样才会使自己得到成长,才会有加薪和晋升的机会。一个推销员,如果希望有一天能当业务经理,首要条件是把推销员的工作做得有声有色,使业绩超过所有的人,才有希望获得经理职位。即使你是一个操作机器的工人,你只要能把时间全部用在机器上,就能了解它所具有的性能,了解它每一部分的功能。如果你使用了几年的一部机器,除了会操作之外,对它一点都不了解,甚至于什么地方出了毛病也不知道,升迁和加薪就很难与你有缘。

工作中无小事。每一件事都值得我们去做,值得我们去研究。即使是最普通的事,我们也不应该敷衍应付或轻视懈怠,相反,你应该付出热情和努力,多关注怎样把工作做到最好,全力以赴、尽职尽责地完成任务,养成良好的职业素养。

许多与我们同时起步的人,和我们一样做着简单的小事,后来逐步晋升于我们之上,原因之一是他们从不认为他们所做的事是简单的小事。相反,他们深深谨记:大事是由小事聚集而来的。

你在为谁工作

心中常存责任感

> 据说美国前总统杜鲁门的桌子上摆着一个牌子，上面写着：The Buck Stops Here（责任到此，不能再推）。如果你在工作中，对待每一件事都是"The Buck Stops Here"，出现问题也绝不推脱，而是设法改善，那么你将赢得足够的尊敬和荣誉。

我们常常认为只要准时上班，按时下班，不迟到，不早退就是敬业了，就可以心安理得地去领工资了。其实，敬业对工作态度的要求是非常严格的。一个人无论从事何种职业，都应该心中常存责任感，敬重自己的工作，在工作中表现出忠于职守、尽心尽责的精神，这才是真正的敬业。

每个人都肩负着责任,对工作、对家庭、对亲人、对朋友,我们都要负一定的责任。正因为担负着这样或那样的责任,人才对自己的行为有所约束。社会学家戴维斯说:"放弃了自己对社会的责任,就意味着放弃了自身在这个社会中更好的生存机会。"

　　工作就意味着责任。每一个职位所规定的工作任务就是一份责任。你从事这份工作就应该担负起这份责任。我们每个人都应该对所担负的责任充满责任感。

　　责任感与责任不同。责任是指对任务的一种负责和承担,而责任感则是一个人对待任务、对待公司的态度。责任感是简单而无价的。据说美国前总统杜鲁门的桌子上摆着一个牌子,上面写着:The buck stops here(责任到此,不能再推)。他桌子上是否真有这样一个牌子,我不能去求证,但我想告诉大家的是,这就是责任感。

　　一个人责任感的强弱决定了他对待工作是尽心尽责还是浑浑噩噩,而这又决定了他工作成绩的好坏。如果你在工作中,对待每一件事都是"The buck stops here",出现问题也绝不推脱,而是设法改善,那么你将赢得足够的尊敬和荣誉。

　　当我们对工作充满责任感时,就能从中学到更多的知识,积累更多的经验,就能从全身心投入工作的过程中找到快乐。这种习惯或许不会有立竿见影的效果,但可以肯定的是,当懒散敷衍成为一种习惯时,做起事来往往就会不诚实。这样,人们最终必定会轻视你的工作,从而轻视你的人品。粗劣的工作,造就粗劣的生活。工作是人们生活的一部分,粗劣的工作,不但降低工作的效能,而且还会使人丧失做事的才能。工作上投机取巧也许只给你的公司带来一点点的经济损失,但却可以毁掉你自己的一生。

那些责任感不强的泥瓦工和木匠,将砖石和木料拼凑在一起来建造房屋,由于粗制滥造,在尚未售出之前,有些房屋已经在暴风雨中坍塌了;那些责任感不强的医科学生不愿花更多的时间学技术,结果做起手术来笨手笨脚,让病人冒着极大的生命危险;那些责任感不强的律师在读书时不注意培养能力,办起案件来捉襟见肘,让当事人白白浪费金钱;那些责任感不强的财务人员,在汇款时疏忽大意写错了一个账号,给公司带来灾难性的损失……这些人,因为给公司和顾客带来灾难而失去了工作的资格。

责任感是我们战胜工作中诸多困难的强大精神动力,它使我们有勇气排除万难,甚至可以把"不可能完成"的任务完成得相当出色。一旦失去责任感，即使是做自己最擅长的工作，也会做得一塌糊涂。

乔治做了一辈子的木匠工作，他因敬业和勤奋而深得老板的信任。年老力衰，乔治对老板说，自己想退休回家与妻子儿女共享天伦之乐。老板十分舍不得他，再三挽留，但是他去意已决，不为所动。老板只好答应他的请辞，但希望他能再帮助自己盖一座房子。乔治自然无法推辞。

乔治已归心似箭，心思全不在工作上了。用料也不那么严格，做出的活也全无往日的水准。老板看在眼里，但却什么也没说。等到房子盖好后，老板将钥匙交给了乔治。

"这是你的房子，"老板说，"我送给你的礼物。"

老木匠愣住了，悔恨和羞愧溢于言表。他一生盖了那么多豪宅华亭，最后却为自己建了这样一座粗制滥造的房子。

同样一个人，可以盖出豪宅华亭，也可以建造出粗制滥造的房子，不是因为技艺减退，而是因为失去了责任感。如果一个人希望自己一直有杰出的表现，就必须在心中种下责任的种子，让责任感成为鞭策、激励、监督自己的力量，使自己在工作中没有丝毫的懈怠。

你在为谁工作

或许有人会说,只有那些有权力的人才需要很强的责任感,而自己只是一名普通员工,只要把事情做完了就行了,至于责任感有无皆可。事实上,企业是由众多员工组成的,大家有共同的目标和略同的利益,企业里的每一个人都负载着企业生死存亡、兴衰成败的责任,因此无论职位高低都必须具有很强的责任感。

　缺乏责任感的员工,不会视企业的利益为自己的利益,也就不会因为自己的所作所为影响到企业的利益而感到不安,更不会处处为企业着想,为企业留住忠诚的顾客,让企业拥有稳定的顾客群,遇事他们总是推卸责任。这样的人是不可靠、不可以委以重任的人,一旦伤害公司和客户的利益,公司会毫不犹豫地将其解雇掉。这可以算是咎由自取吧!

　一个有责任感的员工,不仅仅要完成他自己份内的工作,而且要时时刻刻为企业着想。公司也会为拥有如此关注公司发展的员工感到骄傲,也只有这样的员工才能够得到公司的信任。事实上,只有那些能够勇于承担责任并具有很强责任感的人,才有可能被赋予更多的使命,才有资格获得更大的荣誉。

　对待工作,是充满责任感、尽自己最大的努力去完成任务，还是敷衍了事，这一点正是事业成功者和事业失败者的分水岭。事业有成者无论做什么，都力求尽心尽责，丝毫不放松努力；成功者无论从事什么职业，都不会轻率疏忽。

在某一个时刻或某一段时间，我们会有一定的责任感，否则不可能完成自己的工作。但让责任感成为我们脑海中一种强烈的意识，深入到工作中的每一点每一滴，并一直坚持下去却十分困难，因为在坚持的过程中，外在的诱惑太多。不是所有的时候，理智能战胜感情；也不是所有时候，责任感能战胜懒散。

不管怎样，责任感必须培养，也完全可以培养。注意工作中的细节就有助于责任感的养成。一个书店的营业员能经常擦拭书架上的灰尘；一家公交公司的司机，能让自己的车天天保持整洁，这些做法渐渐地就会习惯成自然。当责任感成为一种习惯，成了一个人的生活态度，我们就会自然而然地担负起责任，而不是刻意地去做。当一个人自然而然地做一件事情时，当然不会觉得麻烦，更不会觉得劳累。当你意识到责任在召唤你的时候，你就会随时为责任而放弃别的一切，而且你不会觉得这种放弃有多么艰难。

有些事,不必老板交待

在现代社会,虽然听命行事的能力相当重要,但个人的主动进取精神更应受到重视。许多公司都努力把自己的员工培养成主动工作的人。所谓主动工作,就是没有人要求你、强迫你,却能自觉而且出色地做好需要做的事情。

许多年轻人很少在工作中投入自己的热情和智慧,而是被动地应付工作。他们遵守纪律、循规蹈矩,却缺乏责任感,只是机械地完成任务,而没有创造性地、主动地工作。

在现代社会,虽然听命行事的能力相当重要,但个人的主动进取精神更应受到重视。许多公司都努力把自己的员工培养成主动工作的人。所谓主动工作,就是没有人要求你、强迫你,却能自觉而且出色地做好需要做的事情。

一个主动工作的人,知道自己工作的意义和责任,并随时准备把握机会,展示超乎寻常的工作表现。

美国标准石油公司曾经有一位小职员叫阿基勃特。他在出差住旅馆的时候,总是在自己签名的下方,写上"每桶4美元的标准石油"字样,在书信及收据上也不例外,签了名,就一定写上那几个字。他因此被同事叫做"每桶4美元",而他的真名倒没有人叫了。

公司董事长洛克菲勒知道这件事后说:"竟有职员如此努力宣扬公司的声誉,我要见见他。"于是他邀请阿基勃特共进晚餐。

后来,当洛克菲勒卸任时,阿基勃特成了第二任董事长。

在签名的时候署上"每桶4美元的标准石油",老板洛克菲勒并没有交待这样的任务,但阿基勃特却主动地做了。也许在他看来,身为标准石油公司的职员,无论职位高低,都有为公司的产品做宣传的责任和义务。

和阿基勃特一样,对于主动工作的人来说,有些事是不必老板交待的。如果老板说："给我编一本前往欧洲用的密码电报小册子。"主动工作的人接到任务后，会立即去寻找密码电报资料，并设身处地为老板着想，知晓把小册子做得便于携带、容易查询的必要性，于是用电脑清晰地打印出来，编成一本小小的书，甚至把它装订好。而被动工作的人呢，他们听到老板的要求，会满脸狐疑地提出一个或数个问题：

"从哪儿能找到密码电报？"

"哪些图书馆会有这样的密码电报资料？"

"这是我的工作吗？"

"为什么不让查理去做？"

"急不急？"

……

然后，他会随便简单地编几张纸，完成任务即可。

如果你就是老板，你必定会对那个满脸狐疑的家伙随后交来的几张皱巴巴的密码电报纸不放心，必得经过仔细的核对和确认后，才敢在飞往欧洲前把它放入自己的公文包。

老板交待的任何事，可以做好，也可以做坏；可以做成 60 分，也可以做成 80 分。但只有主动工作的人，才会把工作做得尽善尽美。主动工作的人实际完成的工作，往往比他原来承诺的要多，质量要高。无怪乎，主动工作的人不缺乏加薪和升迁的机会。

两个同龄的年轻人同时受雇于一家零售店铺，并且拿同样的薪水。

可是做了一段时间之后，名叫约翰的小伙子青云直上，而那个名叫汤姆的却仍在原地踏步，汤姆很不满意老板的不公正待遇，终于有一天忍不住跑到老板那儿发牢骚。老板一边耐心地听着他的抱怨，一边在心里盘算着怎样向他解释清楚他和约翰之间的差别。

"汤姆，"老板开口说话了，"你到集市上去一下，看看今天早上都有什么货。"

汤姆从集市上回来向老板汇报说："今早集市上只有一个农民拉了一车土豆在卖。"

"有多少?"老板问。

汤姆赶快戴上帽子又跑到集市上，然后回来告诉老板一共40袋土豆。

"价格是多少?"

汤姆又第三次跑到集市上问了价格。

"好吧，"老板对他说，"现在请你坐到这把椅子上一句话也不要说,看看别人是怎么做的。"

约翰很快就从集市上回来了,并汇报说:"到现在为止只有一个农民在卖土豆,一共40袋,价格是每斤0.75元,质量很不错。"他还带回来一个让老板看看。他又告诉老板说,昨天那个农民铺子里的西红柿卖得很快,库存已经不多了。他想这么便宜的西红柿老板肯定想购进一些,所以他不仅带回了一个西红柿做样品,而且把那个农民也带来了,他现在正在外面等回话呢。

此时老板转向了汤姆,说:"你现在肯定知道为什么约翰的工资比你高了吧?"

工作需要一种积极主动的精神。主动工作的员工,将获得工作所给予的更多的奖赏。无论是"每桶4美元的标准石油"还是向老板详尽地汇报几种蔬菜的市场信息,这些事情看似简单,但都要求员工具备一种脚踏实地的务实态度,一种积极主动的责任心,一种为老板细心考虑的忠诚。也正是这些品质,让他们在各种各样的工作中找到了超越他人的机会,并在其中表现出胜任上一级工作的素质和能力,这样,责任和报酬就接踵而至了。

与他们形成鲜明对比的是像汤姆那样只做老板交

待的事的人。他们不但不会主动去做老板没有交待的
工作，甚至连老板交待的工作也要在一再的督促下才能
勉强做好。这种被动的态度自然会导致一个人的积极
性和工作效率的下降。久而久之，即使是一再被交待的
工作也未必能做好。这样的员工，别人不禁要问：他们
怎么会这样？究竟还有没有一点点的工作力？他们还
能干什么？

他们或许可以躲过裁员，却很难得到晋升的机会。
道理很简单，如果你只是尽本分，或者唯唯诺诺，对公司
的发展前景漠不关心，你就无法获得额外的报酬，你只
能得到属于你应得的那一部分——当然，这比你想像的
要少。

其实，他们完全可以使自己的工作状况好转起来，
就从今天开始，就从现在的工作开始，做需要做的事，而
不仅仅做老板交待的事，不必等到遥远的未来的某一天
找到理想的工作后再去行动。

没有人会告诉你需要做什么事，这要靠你自己主动
思考，在主动工作的背后，需要你付出的是比别人多得
多的智慧、热情、责任感、想像力和创造力。当你清楚地
了解公司的发展规划和你的工作职责，你就能预知该做

你在为谁工作

些什么,并且立刻着手去做,不必等到老板交待。

如果想登上成功之梯的最高层,你就必须永远保持主动率先的精神,即使面对缺乏挑战或毫无乐趣的工作。当你养成了这种主动工作的习惯之后,你就可以用行动证明自己是一个勇于承担责任、值得信赖的人,一个有可能成为企业家和管理者的人。

接受工作的全部，
不只是益处和快乐

那些在求职时念念不忘高位、高薪，工作中却不能接受工作所带来的辛劳、枯燥的人；那些在工作中推三阻四，寻找借口为自己开脱的人；那些不能不辞辛劳满足顾客要求，不想尽力超出客户预期提供服务的人；那些失去激情，任务完成得十分糟糕，总有一堆理由抛给上司的人；那些总是挑三挑四，对自己的工作环境、工作任务这不满意那不满意的人，都需要一声棒喝：记住，这是你的工作！

我见过很多年轻人，干活的时候敷衍了事，做一天和尚撞一天钟，从来不愿多做一点儿，但在玩乐的时候却是兴致高昂,得意的时候春风满面,领工资的时候争先恐后。他们似乎不懂得工作应是付出努力,总想避开工作中棘手麻烦的事,希望轻轻松松地拿到自己的工资,享受工作的益处和快乐。

诚然,工作可以给我们带来金钱,可以让我们拥有一种在别处得不到的成就感。但有一点不应该忘记,丰厚的物质报酬和巨大的成就感是与付出辛劳的多少、战胜困难的大小成正比的。

不可否认,人都有趋利避害、拈轻怕重的本能。若接到搬钢琴的任务,多数人会自告奋勇地去拿轻巧的琴凳。但我们是在工作,不是在玩乐!既然你选择了这个职业,选择了这个岗位,就必须接受它的全部,而不是只享受它带给你的益处和快乐。就算是屈辱和责骂,那也是这个工作的一部分。如果说一个清洁工人不能忍受垃圾的气味,他能成为一名合格的清洁工吗?如果说一个推销员不能忍受客户的冷言冷语和脸色,他怎能创下优秀的销售业绩呢?

每一种工作都有它的辛劳之处。体力劳动者,会因为工作环境不佳而感到劳累;在窗明几净的办公室里工作的中层管理者,会因为忙于协调各种矛盾而身心疲怠;居于高位的领导者,背负着公司内部管理和企业整体运营的压力。你无法想像一个总经理说:"我只想签几个字就领高工资,至于公司的年度利润指标,这需要承担太多的压力,我受不了。"

只想享受工作的益处和快乐的人,是一种不负责任的人。他们在喋喋不休的抱怨中,在不情不愿的应付中完成工作,必然享受不到工作的快乐,更无法得到升职加薪的快乐。

奎尔是一家汽车修理厂的修理工,从进厂的第一天起,他就开始发牢骚,什么"修理这活太脏了,瞧瞧我身上弄得",什么"真累呀,我简直讨厌死这份工作了"……每天,奎尔都在抱怨和不满的情绪中度过。他认为自己在受煎熬,像奴隶一样卖苦力。因此,奎尔每时每刻都窥视着师傅的眼神与行动,一有机会,他便偷懒耍滑,应付手中的工作。

转眼几年过去了,当时与奎尔一同进厂的三名员工,各自凭着自己精湛的手艺,有的另谋高就,有的被公司送进大学进修,独有奎尔,仍旧在抱怨声中做他的修理工作。

那些在求职时念念不忘高位、高薪,工作时却不能接受工作所带来的辛劳、枯燥的人;那些在工作中推三阻四,寻找借口为自己开脱的人;那些不能不辞辛劳满足顾客要求,不想尽力超出客户预期提供服务的人;那些失去激情,任务完成得十分糟糕,总有一堆理由抛给上司的人;那些总是挑三挑四,对自己的工作环境、工作任务这不满意那不满意的人,都需要一声棒喝:记住,这是你的工作!

记住,这是你的工作!我认为,应该把这句话告诉给每一位员工。不要忘记工作赋予你的荣誉,不要忘记你的责任,更不要忘记你的使命。坦然地接受工作的一切,除了益处和快乐,还有艰辛和忍耐。

忠诚是一种职业生存方式

> 忠诚是一种职业生存方式。如果你选择了为某一个公司工作，那就真诚地、负责地为它干吧；如果它付给你薪水，让你得到温饱，那就称赞它，感激它，支持它，和它站在一起。

根据英国某权威医学杂志公布的美国军医的一项调查，部署在亚洲某地的美国海军陆战士兵中，90%都曾受到过攻击，大多数人都看到过战友阵亡或受伤。由于经常处于紧张状态和时刻面临危险，海军陆战队员的心理健康受到了严重的损害。该调查表明，有1/6的士兵在完成任务后出现了心理问题。这个比例和"越战"

时期不相上下。

尽管如此,有幸加入海军陆战部队仍然被美国兵视为一种荣誉。有人甚至愿意为维护这种荣誉而去面对残酷的战争。已在军中服役 27 年、现年 45 岁的军士长丹尼尔说:"为了跟战友们一起出征,我推迟了退役时间。如果我战前退役,我就不算一名真正的陆战队员。"

在某些队员看来,加入海军陆战队,有点像皈依某种宗教,带着虔诚和献身的意味。正如 38 岁的蒂莫西少校所说:"人们出于什么目的加入海军陆战队并不重要,重要的是他们认可我们的价值观,承认我们的历史和我们的传统。"

这些都表明美国海军陆战士兵具有高度的忠诚感,由于忠诚于自己的军队,他们甚至不惧怕死亡,难怪有人评价说:"'永远忠诚'对美国海军陆战部队来说,绝不是一句空的座右铭,而是一种生活方式。"

职场犹如战场。身在职场中的每个人,都应该把"忠诚"作为一种职场生存方式。

在当今这样一个竞争激烈的年代,谋求个人利益,实现自我价值是天经地义的事。但是,遗憾的是很多人没有意识到个性解放、自我实现与忠诚和敬业并不是对立的,而是相辅相成、缺一不可的。许多年轻人以玩世不恭的态度对待工作,他们频繁跳槽,这山望着那山高,觉得自己工作是在出卖劳动力;他们蔑视敬业精神,嘲讽忠诚,将其视为老板盘剥、愚弄下属的手段。"忠诚"这个最重要的职业道德在他们心中已没有栖身之处。

现代管理学普遍认为:老板和员工是一对矛盾的统一体,从表面上看,彼此之间存在着对立性——老板希望减少人员开支,而员工则希望获得更多的报酬。但是,在更高的层面上,两者又是和谐统一的——公司拥有忠诚并且有能力的员工,业务才能顺利进行;员工只有依赖公司的业务平台才能获得物质报酬和满足精神需求。因此,对于老板而言,公司的生存和发展需要员工的敬业和忠诚;对于员工来说,丰厚的物质报酬和精神上的成就感离不开公司的存在。

忠诚是职场中最值得重视的美德,只有所有的员工对企业忠诚,才能发挥出团队的力量,才能凝成一股绳,劲往一处使,力往同处用,推动企业走向成功。公司的生存离不开少数员工的能力和智慧,更需要绝大多数员工的忠诚和勤奋。

你在为谁工作

公司在用人时不仅仅看重个人能力，更看重个人品质，而品质中最关键的就是忠诚度。在这个世界上，并不缺乏有能力的人，那种既有能力又忠诚的人才是每一个企业渴求的理想人才。企业宁愿信任一个能力一般却忠诚度高、敬业精神强的人，而不愿重用一个朝三暮四、视忠诚为无物的人，哪怕他能力非凡。如果你是老板，你肯定也会这样做的。

如果你忠诚地对待你的公司，公司也会真诚地对待你；你的敬业精神增加一分，别人对你的尊敬会增加两分。即使你的能力一般，只要你真正表现出对公司的忠诚，你就能赢得公司的信赖。公司会乐意在你身上投资，给你培训的机会，提高你的技能，因为它认为你是值得公司信赖和培养的。

对公司忠诚并不是口头上的，而是要用努力工作的实际行动来体现的。我们除了做好份内的事情之外，还应该表现出对公司事业兴旺和成功的兴趣，不管管理者在不在身边，都要像对待自己的东西一样照看好公司的设备和财产。另外，我们要认可公司的运作模式，由衷地佩服上司的才能，保持一种和公司同命运的事业心。即使出现分歧，也应该树立忠诚的信念，求同存异，化解矛盾。当上司和同事出现错误时,坦诚地向他们提出来。当公司面临危难的时候,和它同舟共济。

也许你的上司是一个心胸狭隘之人,不能理解你的真诚,不珍惜你的忠心,那么也不要因此而产生抵触情绪。上司是人,也有缺点,也可能因为太主观而无法对你作出客观的判断,这个时候你应该学会自我肯定。只要你竭尽全力,做到问心无愧,你就会在不知不觉中提高了自己的能力,争取到了未来事业成功的砝码。

绝大多数人都必须在一个社会机构中奠基自己的事业基石。只要你还是某一机构中的一员,你就应当抛开任何借口,投入自己的忠诚和责任心。一荣俱荣,一损俱损! 将身心彻底融入公司,尽职尽责,处处为公司着想,对投资人承担风险的勇气报以钦佩,理解管理者的压力并给予体谅。

最后,我还想再次告诫你:忠诚是一种职业生存方式。如果你选择了为某一个公司工作,那就真诚地、负责地为它干吧;如果它付给你薪水,让你得到温饱,那就称赞它,感激它,支持它,和它站在一起。

你在为谁工作

Chapter/4

绝不拖延,立即行动

Who Are You
Working For

拖延是一种恶习

拖延会侵蚀人的意志和心灵，消耗人的能量，阻碍人的潜能的发挥。处于拖延状态的人，常常陷于一种恶性循环之中，这种恶性循环就是："拖延——低效能＋情绪困扰——拖延"。

今天该做的事拖到明天完成，现在该打的电话等到一两个小时以后才打，这个月该完成的报表拖到下个月，这个季度该达到的进度要等到下一个季度。凡事都留待明天处理的态度就是拖延，这是一种明日待明日的工作习惯。

令人懊恼的是，我们每个人在工作中都或多或少、或这或那地拖延过。拖延的表现形式多种多样,其轻重也有所不同。比如:琐事缠身,无法将精力集中到工作之中,只有被上司逼着才向前走,不愿意自己主动开拓;反复修改计划,有着极端的完美主义倾向,该实施的行动被无休止的"完善"所拖延;虽然下定决心立即行动,但就是总找不到行动的方法;做事磨磨蹭蹭,有着一种病态的悠闲,以至问题久拖不决;情绪低落,对任何工作都没有兴趣,也没有什么人生的憧憬。

喜欢拖延的人往往意志薄弱,他们或者不敢面对现实,习惯于逃避困难,惧怕艰苦,缺乏约束自我的毅力;或者目标和想法太多,导致无从下手,缺乏应有的计划性和条理性;或者没有目标,甚至不知道应该确定什么样的目标。另外,认为条件不成熟,无法开始行动也是导致拖延的原因之一。

对每一个渴望有所成就的人来说,拖延是最具破坏性的,它是一种最危险的恶习,它使人丧失进取心。一旦开始遇事推推,就很容易再次拖延,直到变成一种根深蒂固的习惯。

我们常常因为拖延时间而心生悔意,然而下一次又会惯性地拖延下去。几次三番之后,我们竟视这种恶习

你在为谁工作

为平常之事,以致漠视了它对工作的危害。

事实上,拖延绝不是一种无所谓的耽搁。一个公司很有可能因为短暂的拖延而损失惨重,这并非危言耸听。1989年3月24日,埃克森公司的一艘巨型油轮在阿拉斯加触礁,原油大量泄漏,给生态环境造成了巨大破坏,但埃克森公司却迟迟没有做出外界期待的反应,以致引发了一场"反埃克森运动",甚至惊动了当时的布什总统。最后,埃克森公司总损失达几亿美元,形象严重受损。

无论是公司还是个人,没有在关键时刻及时做出决定或行动,而让事情拖延下去,这会给自身带来严重的伤害。那些经常说"唉,这件事情很烦人,还有其他的事等着做,先做其他的事情吧"的人,总是奢望随着时间的流逝,难题会自动消失或有另外的人解决它,须知这不过是自欺欺人。不论他们用多少方法来逃避责任,该做的事,还是得做。而拖延则是一种相当累人的折磨,随着完成期限的迫近,工作的压力反而与日俱增,这会让人觉得更加疲惫不堪。

拖延并不能使问题消失也不能使解决问题变得容易起来,而只会使问题深化,给工作造成严重的危害。

我们没解决的问题,会由小变大、由简单变复杂,像滚雪球那样越滚越大,解决起来也越来越难。而且,没有任何人会为我们承担拖延的损失,拖延的后果可想而知。

如果你希望通过拖延来瞒过公司,那你就犯了一个大错误。工作时虚度光阴会伤害你的雇主,但受伤害更深的则是你自己。一些人花费很多精力来拖延工作,却不肯花相同的精力去努力完成工作。他们以为自己骗得过上司,其实,他们愚弄的竟是自己。上司或许并不了解每个员工的表现或熟知每一份工作的细节,但是一位优秀的管理者很清楚,拖延最终带来的结果是什么。可以肯定的是,升迁和奖励是不会落在惯于拖延工作的人身上的。

更严重的是,拖延会侵蚀人的意志和心灵,消耗人的能量,阻碍人的潜能的发挥。处于拖延状态的人,常常陷于一种恶性循环之中,这种恶性循环就是:"拖延——低效能+情绪困扰——拖延"。为此,他们常常苦恼、自责、悔恨,但又无力自拔,结果一事无成。

商场就是战场,工作就如同战斗。要想在商场上立于不败之地,就必须拥有一支高效能的战斗团队。任何一个经营者都知道,对那些做事拖延的人,是不可能给

你在为谁工作

予太高的期望的。

优秀的员工做事从不拖延,在日常工作中,他们知道自己的职责是什么,在上司交办工作的时候,他们只有两个回答。一个是:"是的,我立刻去做!"另一个是:"对不起,这件事我干不了。"某件工作能做就立刻去做,不能做就立刻说出自己不能做,拖延往往与优秀员工无关。

社会学家库尔特·卢因曾经提出一个概念,叫做"力量分析"。在这里面,他描述了两种力量:阻力和动力。他说,有些人一生都踩着刹车前进,比如被拖延、害怕和消极的想法捆住手脚;有的人则是一路踩着油门呼啸前进,比如始终保持积极、合理和自信的心态。这一分析同样适用于工作。如果你希望在职场中生存和发展,你得把脚从刹车踏板——拖延——上挪开。

借口是失败的温床

在工作中，每个人都应该发挥自己最大的潜能，努力地工作而不是浪费时间寻找借口。要知道，公司安排你这个职位，是为了解决问题，而不是听你对困难的长篇累牍的分析。

习惯性的拖延者通常是制造借口与托辞的专家。他们经常为没做某些事而制造借口，或想出各式各样的理由为事情未能按计划实施而辩解。"这项工作的难度太大了。""那个客户还没给我回信。""我的事情太多了，忘了还有这样一件事。""老板规定的完成期限太紧。""我们的工作条件太差了。"等等，听上去好像是

"理智的声音"、"合情合理的解释"。但不论借口是多么的冠冕堂皇,借口就是借口,而非其他。

找借口是世界上最容易办到的事情之一,如果你存心拖延逃避,你总能找出理由。把"事情太困难、太昂贵、太花时间"等种种理由合理化,要比相信"只要我们更努力、更聪明、信心更强,就能完成任何事情"的念头容易得多。

找借口是一种不好的习惯。出现问题不是积极、主动地加以解决,而是千方百计地寻找借口,你的工作就会拖沓,以致没有效率。借口变成了一面挡箭牌,事情一旦办砸了,就能找出一些看似合理的借口,以换得他人的理解和原谅。找到借口只是为了把自己的过失掩盖掉,心理上得到暂时的平衡。但长此以往,借口成习惯,人就会疏于努力,不再想方设法争取成功了。

有多少人因为把宝贵的时间和精力放在了如何寻找一个合适的借口上,而忘记了自己的职责!喜欢为自己的拖延找借口的员工肯定是不努力工作的员工,至少,是没有良好工作态度的员工。他们找出种种借口来蒙混公司,欺骗管理者,他们是不负责任的人。这样的人,在公司中不可能是称职的好员工,也绝不可能是公司可以信任的员工；在社会上也不会被大家信赖和尊重。无数人就是因为养成了轻视工作、马虎拖延、惯于找借口的习惯，终致一生处于社会或公司的底层，不能出人头地。

借口是对惰性的纵容。每当要付出劳动时，或要作出抉择时，总要找出一些借口来安慰自己，总想让自己轻松些、舒服些。人们都有这样的经历，清晨闹钟将你从睡梦中惊醒，想着该起床上班了，同时却感受着被窝的温暖，一边不断地对自己说该起床了，一边又不断地给自己寻找借口"再等一会儿"，于是又躺了 5 分钟，甚至 10 分钟……

你在为谁工作

对付惰性最好的办法就是根本不让惰性出现，惰性一旦浮现，即使是摆出与惰性开仗的架势也于事无补。往往在事情的开端，总是积极的想法在先，然后当头脑中冒出"我是不是可以……"这样的问题时，惰性就出现了，"战争"也就开始了。一旦开仗，结果就很难说了。所以，要在积极的想法一出现就马上行动，让惰性没有乘虚而入的可能。

工作中只有两种行为：要么努力挑战困难，要么就不停地用借口来辩解。前者可以带来成功，而后者只能走向失败。

在美国西点军校,有一个广为传诵的悠久传统,学员遇到军官问话时,只能有四种回答:"报告长官,是"。"报告长官,不是"。"报告长官,不知道"。"报告长官,没有任何借口"。除此之外,不能多说一个字。

没有任何借口!在工作中,每个人都应该发挥自己最大的潜能,努力地工作而不是浪费时间寻找借口。要知道,公司安排你这个职位,是为了解决问题,而不是听你对困难的长篇累牍的分析。不论是失败了,还是做错了,再妙的借口对于事情本身也没有丝毫作用。

把"没有任何借口"作为自己的行为准则的人,他们拥有一种毫不畏惧的决心、坚强的毅力、完美的执行力以及在限定时间内把握每一分每一秒去完成任何一项任务的信心和信念。

在塑造自己形象的时期,我们要学会给自己加码,始终以行动为见证,而不是编一些花言巧语为自己开脱。我们无需任何借口,哪里有困难,哪里有需要,我们就义无反顾地到哪里。

最佳的工作完成时间是昨天

在人才竞争激烈的公司里,要想立于不败之地,员工务必奉行"把工作完成在昨天"的工作理念。一个总能在"昨天"完成工作的员工,永远是成功的。

比尔·盖茨说过这样的话:"过去,只有适者能够生存;今天,只有最快处理完事务的人能够生存。"

只有效率高的人才能挤出时间来完成更多的事,这也是帕金森定律所揭示的内容之一。帕金森定律认为,低效的工作会占满所有的时间。一位闲来无事的老太太为了给远方的外甥女寄一张明信片,可以足足花上一整天的工夫。找明信片要一个钟头,查地址半个钟头,写信一个钟头零一刻钟,然后,送往邻街的邮筒去投邮究竟要不要带把雨伞出门,这一考虑又花了 20 分钟。一个效率高的人在 3 分钟内可以办完的事,另一个人却要操劳整整一天,最后还免不了被折磨得疲惫不堪。

避免帕金森定律产生作用的办法似乎很明显:为某一工作定出较短的时间,也就是说,不要把工作战线拉得太长,而是尽快完成某项任务——当然,必须保证工作完成的质量。如果不这样做,你对待那些困难的或者轻松的工作就会产生惰性,因为没有期限或者由于期限较长,你认为可以以后再说。如果你只是从工作而不是从可用的时间上去着想,你就会陷入一种过度追求完美的危境之中。你会巨细不分,且又安慰自己已经把某项(实际上是次要的)工作做得很完美,这样做的结果只能是主要的目标落空了。

作为公司的一员,任何时候,都不要自作聪明地设计工作期限,希望工作的完成期限会按照自己的计划而后延。优秀的员工都会牢记工作期限,并清晰地明白,最理想的任务完成日期是:昨天。这一看似荒谬的要求,是保持恒久竞争力不可缺少的因素,也是惟一不会过时的东西。在人才竞争激烈的公司里,要想立于不败之地，员工都必须奉行"把工作完成在昨天"的工作理念。一个总能在"昨天"完成工作的员工，永远是成功的。其所具有的不可估量的价值，将会征服所有的老板。

老板是世上最"心急"的人，为了生存，他们恨不能把每一分钟掰成八瓣。按他们的速率预算，罗马三日建成也算慢。自然，他也要求自己的员工快速行动。如果要让老板白花时间等你的工作结果，比浪费金钱更让他心痛，因为在失去的那一分钟内能想到的业务计划，可能会价值连城。没有哪个老板，能长期容忍拖延工作的员工。

要想在职场中脱颖而出，最实际的方法，就是让手中的工作消化在"昨天"。对上司交待的工作，要在第一时间内进行处理，争取让工作早点瓜熟蒂落，给公司节省时间，带来效益。

成功存在于"把工作完成在昨天"的效率之中，正如未来的橡树，包含在橡树的果实里一样。

千万不要把昨天能完成的工作拖延到明天，不要愚蠢地等到老板开口，说那句"你什么时候做完那件事"时，才开始四处寻找借口，并匆忙上阵，仓促处理未完的工作。

当你的老板向你提出苛刻的工作期限时，不要反驳，不要抱怨。与其这样，不如把它当作对自己能力的锻炼。人应该保持适度的紧张，这是一种积极的精神状态，积极的紧张有很多形式，如必须赶在某一期限之前完成工作，认识到你的工作将受到评定，工作业绩将和别人的比较等。

为了督促自己高效率地工作，尽快完成公司交给自己的任务，你可以在工作开始之前，审慎地制定工作进度表。"凡事预则立"。如果你能制定一个高明的工作进度表，你就一定能真正掌握好时间，在限期之内出色地完成老板交付的工作，并在尽到职责的同时，兼顾效率、经济及和谐。正如一位成功的职场人士所说："你应该在一天中效率最高的时间来临之前订一个计划，仅仅 20 分钟就能节省 1 个小时的工作时间，牢记一些必须做的事情。"

要事第一

> 工作效率最高的人是那些对无足轻重的事情无动于衷，却对那些较重要的事情无法无动于衷的人。一个人如果过于努力想把所有事情都做好，他就不会把最重要的事做好。

并非所有的拖延者都是不负责任、懒散工作的人，相反，在拖延者中，有相当一部分的人工作勤勤恳恳。他们之所以拖延，是因为他们做事不分轻重缓急。如果一个人对他的工作分不清轻重缓急，那他就弄不清自己该去做什么。时而做做这，时而做做那，结果什么都没做成。

如果他拒绝或无法决定优先顺序的话，他也很难说"不"字。因为他很难分辨一件事情是重要还是不重要。每碰到一件事,他都会付出一些时间和精力。而结果是,他总是有着太多的事情去做,但却没有办法去完成。他只好不断地拖延,并试图找出一条路来解决他自己造成的混乱。

工作需要章法,不能眉毛胡子一把抓,要分轻重缓急!这样才能一步一步地把事情做得有节奏、有条理,避免拖延。工作的一个基本原则是,要把最重要的事情放在第一位。

工作效率最高的人是那些对无足轻重的事情无动于衷,却对那些较重要的事情无法无动于衷的人。一个人如果过于努力想把所有事情都做好,他就不会把最重要的事做好。

许多人在处理日常事务时,竟然不知道把工作按重要性排队。他们以为每个任务都是一样的重要,只要时间被工作填得满满的,他们就会很高兴。然而懂得安排工作的人却不是这样,他们通常是会按优先顺序展开工作的,将要事摆在第一位。

伯利恒钢铁公司总裁理查斯·舒瓦普,为自己和公司的低效率而忧虑,于是去找效率专家艾维·李寻求帮助,希望李能卖给他一套思维方法,告诉他如何在短短的时间里完成更多的工作。

艾维·李说:"好！我10分钟就可以教你一套至少提高效率50%的最佳方法。"

"把你明天必须要做的最重要的工作记下来,按重要程度编上号码。最重要的排在首位,依次类推。早上一上班,马上从第一项工作做起,一直做到完成为止。然后用同样的方法对待第二项工作、第三项工作⋯⋯直到你下班为止。即使你花了一整天的时间才完成了第一项工作,也没关系。只要它是最重要的工作,就坚持做下去。每一天都要这样做。在你对这种方法的价值深信不疑之后,叫你的公司的人也这样做。"

"这套方法你愿意试多久就试多久,然后给我寄张支票,并填上你认为合适的数字。"

舒瓦普认为这个思维方式很有用,不久就填了一张25,000美元的支票给李。舒瓦普后来坚持使用艾维·李教给他的那套方法,五年后,伯利恒钢铁公司从一个鲜为人知的小钢铁厂一跃成为最大的不需要外援的钢铁生产企业。舒瓦普常对朋友说:"我和整个团队坚持拣最重要的事情先做,我认为这是我的公司多年来最有价值的一笔投资！"

要事第一的观念如此重要，但却常常被我们遗忘。我们必须让这个重要的观念成为一种工作习惯，每当一项新工作开始时，都必须首先让自己明白什么是最重要的事，什么是我们应该花最大精力去重点做的事。

分清什么是最重要的并不是一件易事，我们常犯的一个错误是把紧迫的事情当作最重要的事情。

紧迫只是意味着必须立即处理，比如电话铃响了，尽管你正忙得焦头烂额，也不得不放下手边工作去接听。紧迫的事通常是显而易见的。它们会给我们造成压力，逼迫我们马上采取行动。但它们往往是令人愉快的、容易完成的、有意思的，却不一定是很重要的。

重要的事情通常是与目标有密切关联的并且会对你的使命、价值观、优先的目标有帮助的事。这里有5个标准可以参照。

（1）完成这些任务可使我更接近自己的主要目标（年度目标，月目标，周目标，日目标）。

（2）完成这些任务有助于我为实现组织、部门、工作小组的整体目标做出最大贡献。

（3）我在完成这一任务的同时也可以解决其他许多问题。

（4）完成这些任务能使我获得短期或长期的最大利益，比如得到公司的认可或赢得公司的股票等等。

（5）这些任务一旦完不成，会产生严重的负面作用：生气、责备、干扰等等。

根据紧迫性和重要性，我们可以将每天面对的事情分为四类，即重要且紧迫的事；重要但不紧迫的事；紧迫但不重要的事；不紧迫也不重要的事。

只有合理高效地解决了重要而且紧迫的事情，你才有可能顺利地进行别的工作。而重要但不紧迫的事情要求我们具有更多的主动性、积极性、自觉性，早早准备，防患于未然。剩下的两类事或许有一点价值，但对目标的完成没有太大的影响。

你在平时的工作中，把大部分的时间花在哪类事情上？如果你长期把大量时间花在重要而且不紧迫的事情上，可以想像你每天的忙乱程度，一个又一个问题会像海浪一样向你冲来。你十分被动地一一解决。长此以往，你早晚有一天会被击倒、压垮，相信老板再也不敢把重要的任务交付给你。

如果是后两类，很遗憾，你将一事无成。因为这些事情对你的主要目标来说并不重要，它们除了浪费你很多时间以外,还证明你是一个控制不了自己情绪的人。可以说,一个人如果习惯于解决简单的、不重要的事情,他会不自觉地拖延重要的、困难的事情,毕竟解决后者需要更多的勇气和智慧。

只有重要而不紧迫的事才是需大量时间去做的事。它虽然并不紧急,但决定了我们的工作业绩。80/20法则告诉我们:应该用80%的时间做能带来最高回报的事情,而用20%的时间做其他事情。取得卓越成果的员工都是这样把时间用在最具有"生产力"的地方。

只有养成做要事的习惯,对最具价值的工作投入充分的时间,工作中的重要的事才不会被无限期地拖延。这样,工作对你来说就不会是一场无止境、永远也赢不了的赛跑,而是可以带来丰厚收益的活动。

挑战"不可能完成"的工作

勇于向"不可能完成"的工作挑战,是事业成功的基础。西方有句名言:"一个人的思想决定一个人的命运。"不敢向高难度的工作挑战,是对自己的潜能画地为牢,最终使自己无限的潜能化为有限的成就。

拖延有很多外表的伪装——懒惰、漠不关心、健忘、工作过量——但这种伪装的后面通常有一种情绪:恐惧。

如果你打算得到那份工作或得到晋升,或者想让自己的业绩更上一层楼,你是否会担心自己不知道如何去实行? 你是否会在意别人会怎么说? 你是不是害怕别人会不接受你？对于当前的目标,你是不是担心自己缺乏足够的技能和经验？

恐惧导致拖延,而拖延则会导致更深的恐惧。拖延者常常被工作的分量和复杂性所吓倒,他们害怕自己无法完成任务,结果就会不自觉地把工作一拖再拖。

这种类型的拖延源于对自身能力的质疑,是一种过多地自我否定而产生的自惭形秽的情绪。主要表现为对自己的能力、学识、品质等自身素质和能力评价过低;心理承受能力脆弱,经不起较强的刺激;谨小慎微,多愁善感。

这种自卑心理是压抑自我的沉重精神枷锁,是一种消极、不良的心境。它消磨人的意志,弱化人的信念,淡化人的追求,使人锐气钝化,畏缩不前,从自我怀疑、自我否定开始,并以自我消沉、自我埋没告终!

许多人虽然具备种种取得成功的能力,但是却有个致命弱点:对自己不够自信,缺乏挑战困难的勇气。他们以为,要想保住工作,必须保持熟悉的一切,对于那些颇有难度的事情,还是躲远一些好。所以当他们面对不时出现的困难工作,总是一躲再躲,而不敢主动发起"进攻"。如果困难的工作"不幸"轮到自己的头上,他们总是想方设法拖延。结果，终其一生，也只能从事一些低层的平庸工作。

如果你希望在工作上有所成就，就一定要改变这种畏手畏脚的自卑心理。每个人的潜能都是非常大的，越相信自己，你所能完成的工作就越多，做得也就越好。

勇于向"不可能完成"的工作挑战，是事业成功的基础。西方有句名言："一个人的思想决定一个人的命运。"不敢向高难度的工作挑战，是对自己的潜能画地为牢，最终使自己无限的潜能化为有限的成就。

遗憾的是，多数员工谨小慎微、惧怕未知与挑战，而勇于向"不可能完成"的工作挑战的员工少之又少。

一位老板描述自己心目中的理想员工时说："我们所急需的人才，是拥有奋斗进取精神，勇于向'不可能完成'的工作挑战的人。"所以，敢于向"不可能完成"的工作挑战的"职场勇士"和事事求安稳的"职场懦夫"在老板心目中的地位是截然不同的。

"职场懦夫"永远不要奢望得到老板的垂青。如果你羡慕别人的晋升，那么，你一定要明白，他们的成功绝不是偶然的。在复杂的职场中，正是秉持"挑战不可能完成的工作"这一原则，他们磨砺生存的利器，不断力争上游,才脱颖而出。

如果你也希望像他们一样迅速晋升,那么当一件人人看似"不可能完成"的艰难工作摆在你面前时,不要抱着"避之惟恐不及"的态度,更不要花过多的时间去设想最糟糕的结局,以致迟迟不敢动手去做。

你首先要对自己有信心。不断重复"根本不能完成"的念头只会让你真的不能完成。就像一个高尔夫球员,不停地嘱咐自己"不要把球击入水中",并想像球掉进水中的情形,在这样的心态下,你能指望他打出去的球往哪里飞呢?

相信自己,从根本上克服这种无知的障碍,走出"不可能"这一自我否定的阴影,用信心支撑自己完成这个在别人眼中是不可能完成的工作。

其实,很多看似"不可能完成"的工作,其困难只是被人为地夸大了。当你冷静分析、耐心梳理,把它"普通化"后,你常常可以想出很有条理的解决方案。

即使挑战之后没有让"不可能完成"变成"被完成",也千万不要沮丧失望。聪明、成熟的上司,一定不会只看结果,他在决定你是否应该受到器重时,还会观察你的敢于挑战困难的工作态度和勤于思考的工作作

风。他比任何人都明白,没有一种挑战会有马到成功的
必然结果。所以,你依然是老板喜爱的"职场勇士"。
同时,你所经历的、所得到的,都是胆怯观望者们永远也
不可能得到的,而这些都是你走向成功的资本。

你在为谁工作

一分钟也不要拖延

　　"绝不拖延,立即行动!"这句话是最惊人的自动起动器。任何时刻,当你感到拖延的恶习正悄悄地向你靠近,或当此恶习已迅速缠上你,使你动弹不得时,你都需要用这句话来提醒自己。

　　一位勤奋的艺术家为了不让任何一个想法溜掉,在他产生新的灵感时,他会立即把它记录下来——即使是在深夜,他也会这样做。他的这个习惯十分自然、毫不费力。一名优秀的员工其实就是一位艺术家,他对工作的热爱,立即行动的习惯,就像艺术家记录自己的灵感一样自然。

避免拖延的惟一方法就是"现在就做"。面对空白的纸和计算机屏幕很具有挑战性，开始是最困难的工作，但却必须开始。一旦开始，行动无限，结果多彩，令人可喜。

　　那些不去做现在可以做的事情，却下决心要在将来的某个时候去做的人，常常是心安理得地不去马上采取行动，同时以并没有真正放弃决心要做的事情来寻求自我安慰。他们不满于自己工作中拖延的现状，却又不去改变，每天都生活在等待和无奈之中。他们回避现实，情绪低落，常怀羞愧和内疚之心。这样的人，最终将会一事无成，使人成悲。

　　接到新的工作任务，就立即切实地行动起来。诸如"再等一会儿"、"明天开始做"这样的语言或者这种心理意念，一刻也不能在我们的心里存在。马上列出自己的行动计划，去做！从现在就开始，立即去做自己一直在拖延的工作。如此一来，我们就会发现拖延时间毫无必要，而且还可能会喜欢上自己一拖再拖的这项工作，从而不想拖延，逐步消除拖延的烦恼。

　　许多人做事总喜欢等到所有的条件都具备了再行动，孰不知，良好的条件是等不来的，工作中很少有万事具备的时候。我们不太可能等外部条件都完善了再开始工作，但就是在这种既定的环境中，就是在现有的条件下，我们同样可以把事情做到极致！行动可以创造有利条件。只要做起来，哪怕很小的事，哪怕只做了五分钟，也是一个好的开端，就能带动我们着手做好更多的事情。

人最容易也最经常拖延那些需长时间才能显现出结果的事情，因此不论事情大小，都不要放任自己无限期地去拖延。拟定一个完成工作任务的期限，给自己加压，并让身边的人都知道我们的期限，让他们监督我们如期完成。

的确，立即行动有时很难，尤其在面临一件很不愉快的工作或很复杂的工作时，你常常有一种不知从何下手的困惑。但你不必总是选择拖延作为你逃避的方式，如果你觉得工作很复杂，可以运用切香肠的技巧来解决。所谓切香肠的技巧，就是不要一次性吃完整条香肠，而是把它切成小片，一小口一小口地慢慢品尝。同样的道理也可以用在你的工作上：先把工作分成几个小部分，分别详列在纸上，然后把每一部分再细分为几个步骤，使得每一个步骤都可在短时间之内完成。

例如,你已经拖延很久,不去打一个你应该但可能会令你不愉快的电话。在这种情况下,你需要采用分段实施法:

(1)查出电话号码,并且写下来。

(2)定出一个打通这个电话的时间。(要求你立刻去打通电话显然有些超出你现有的意志力量,因此让自己先轻松一下。但是要有一个补偿,那就是坚定地承诺在某一时间打通这个电话,并且把这个时间写在你的记事贴上。)

(3)找出一些相关的资料,看看这个电话到底与什么有关,究竟是怎么一回事。

(4)在心里想好自己要说些什么。

(5)打通这个电话。

你在规定的期限里只完成一小段的任务,不要去想整体的难度。这样你会发现工作完成的速度,大大超出了你预计的速度,你也会发现,工作比你原来所想像的要容易得多了。而且,做不愉快的工作常常能得到愉快的结果。也可以说,至少在工作完成时你有一种奇妙的满足感。你可以轻松地说:"我已打完了那个难以应付的电话。"或"计划已经完成了。"

需要注意的是,每次开始一个新的步骤时,不到完成,绝不离开工作区域。如果一定要中断的话,最好是在工作告一个段落时。

有时,你拖延一项工作,并不是因为整个工作会让你感到不快,仅仅是因为你讨厌其中的一部分。如果是这种情况,就应先做你讨厌的那部分。

歌德说得好:"只有投入,思想才能燃烧。一旦开始,完成在即。""绝不拖延,立即行动!"这句话是最惊人的自动启动器。任何时刻,当你感到拖延的恶习正悄悄地向你靠近,或当此恶习已迅速缠上你,使你动弹不得时,你都需要用这句话来警醒自己,在一分钟之内动起来。

Chapter / 5

从优秀到卓越

Who Are You
Working For

激情是工作的灵魂

激情是不断鞭策和激励我们向前奋进的动力，对工作充满高度的激情，可以使我们不畏惧现实中所遇到的重重困难和阻碍。可以这么说，激情是工作的灵魂，甚至就是工作本身。

激情，是一种能把全身的每一个细胞都调动起来的力量。在所有伟大成就的取得过程中，激情是最具有活力的因素。每一项改变人类生活的发明、每一幅精美的书画、每一尊震撼人心的雕塑、每一首伟大的诗篇以及每一部让世人惊叹的小说，无不是激情之人创造出来的奇迹。最好的劳动成果总是由头脑聪明并具有工作激情的人完成的。

激情增加一盎司,工作就大不一样。著名人寿保险推销员弗兰克·贝特格在他的自传中,向我们充分诠释了这一点:

"在我刚转入职业棒球界不久,我就遭到了有生以来最大的打击——我被开除了。理由是我打球无精打采。老板对我说:'弗兰克,离开这儿后,无论你去哪儿,都要振作起来,工作中要有生气和热情。'这是一个重要的忠告,虽然代价惨重,但还不算太迟。于是,当我进入纽黑文队时,我下定决心在这次联赛中一定要成为最有激情的球员。"

"从此以后,我在球场上就像一个充足了电的勇士。掷球是如此之快、如此有力,以至于几乎要震落内场接球同伴的手套。在烈日炎炎下,为了赢得至关重要的一分,我在球场上奔来跑去,完全忘了这样会很容易中暑。第二天早晨的报纸上赫然登着我们的消息,上面是这样写的:'这个新手充满了激情并感染了我们的小伙子们。他们不但赢得了比赛,而且看来情绪比任何时候都好。'那家报纸还给我起了个绰号叫'锐气',称我是队里的'灵魂'。三个星期以前我还被人骂作'懒惰

你在为谁工作

的家伙'，可现在我的绰号竟然是'锐气'"。

"于是我的月薪从 25 美元涨到 185 美元。这并不是我球技出众或是有很强的能力，在投入热情打球以前，我对棒球所知甚少。除了'激情'还有什么能使我的月薪在十天内竟上升700%呢?"

"退出职业棒球队之后，我去做人寿保险推销工作。在十个月令人沮丧的推销之后，我被卡耐基先生一语惊破。他说:'贝特格，你毫无生气的言谈怎么能使大家感兴趣呢?'我决定以我加入纽黑文队打球的激情投入到做推销员的工作中来。有一天，我进了一个店铺，鼓起我的全部热情试图说服店铺的主人买保险。他大概从未遇到过如此热情的推销员，只见他挺直了身子，睁大眼睛，一直听我把话说完，最终他没有拒绝我的推销，买了一份保险。从那天开始，我真正地展开推销工作了。在 12 年的推销生涯中，我目睹了许多的推销员靠激情成倍地增加收入，同样也目睹更多人由于缺少热情而一事无成。"

弗兰克·贝特格在事业上有所成就，与其说是取决于他的才能，不如说是取决于他的激情。凭借激情，他在烈日当空的酷热中超常发挥;凭借激情，他说服了自己的客户,最终创造出不凡的成就。

一个人如果仅仅是勉强完成职责,那么,他做起事来就会马马虎虎,稍遇困难就会打退堂鼓,很难想像这样的人能始终如一地高质量地完成自己的工作,更别说能做出创造性的业绩了。如果你不能使自己的全部身心都投入到工作中去,你就难以得到成长和发展的机会,无论做什么工作,都可能沦为平庸之辈。

只有在热爱工作的情况下,才能把工作做到最好。一个人在工作时,如果能以精进不息的精神,火焰般的热忱,充分发挥自己的特长,那么即使是做最平凡的工作,也能成为最精巧的工人;如果以冷淡的态度去做哪怕是最高尚的工作,也不过是个平庸的工匠。

激情是不断鞭策和激励我们向前奋进的动力,对工作充满高度的激情,可以使我们不畏惧现实中所遇到的重重困难和阻碍。可以这么说,激情是工作的灵魂,甚至就是工作本身。当你满怀激情地工作,并努力使自己的老板和顾客满意时,你所获得的利益会增加。而工作中最巨大的奖励还不是来自财富的积累和地位的提升,而是由激情带来的精神上的满足。

我欣赏满腔热情工作的员工,相信每个公司的老板也是如此。从来没有什么时候像今天这样,给满腔热情的年轻人提供了如此多的机会!这是一个年轻人的时代,各种新兴的事物,都等待着那些充满激情而且有耐心的人去开发。各行各业,人类活动的每一个领域,都在呼唤着满怀激情的工作者。

不要畏惧激情,如果有人愿意以半怜悯半轻视的语调称你为狂热分子,那么就让他这么说吧。一件事情如果在你看来值得为它付出,如果那是对你的能力的一种挑战,那么,就把你能够发挥的全部激情都投入到其中去吧,至于那些指手画脚的议论,则大可不必理会。成就最多的,从来不是那些半途而废、冷嘲热讽、犹豫不决、胆小怕事的人。

点燃你工作的激情

如果你只把工作当作一件差事，或者只把目光停留在工作本身，那么即使是从事你最喜欢的工作，你依然无法持久地保持对工作的激情。但如果你把工作当作一项事业来看待，情况就会完全不同。

让我们先来看看美国前教育部部长、著名教育家威廉·贝内特的一段叙述：

"一个明朗的下午，我走在第五大街上，忽然想起要买双短袜。于是，我走进了一家袜店，一个年纪不到17岁的少年店员向我迎来。"

"您要什么，先生？"

"我想买双短袜。"

"您是否知道您来到的是世上最好的袜店?"他的眼睛闪着光芒,话语里含着激情,并迅速地从一个个货架上取出一只只盒子,把里面的袜子逐一展现在我的面前,让我赏鉴。

"等等,小伙子,我只买一双!"

"这我知道,"他说,"不过,我想让您看看这些袜子有多美,多漂亮,真是好看极了!"他脸上洋溢着庄严和神圣的喜悦,像是在向我启示他所信奉的宗教。

我对他的兴趣远远超过了对袜子的兴趣。我诧异地望着他。"我的朋友,"我说,"如果你能一直保持这种热情,如果这热情不只是因为你感到新奇,或因为得到了一个新的工作。如果你能天天如此,把这种激情保持下去,我敢保证不到 10 年,你会成为全美国的短袜大王。"

我对这段叙述中的少年做买卖的自豪感和喜悦感感到惊异。在许多商店,顾客需要静候店员的招呼。当某位店员终于屈尊注意到你,他那种模样会使你感到是在打扰他。他不是沉浸在沉思中,恼恨别人打断他的思考,就是在同一个女店员嬉笑聊天,叫你感到不该打断如此亲昵的谈话，反而需要你向他道歉似的。无论对你，或是对他领了工资专门来出售的货物，他都毫无兴趣。

然而就是这个冷漠无情的店员，可能当初也是怀着希望和热情开始他的职业的。刚刚进入公司的员工，自觉工作经验缺乏，为了弥补不足，常常早来晚走，斗志昂扬，就算是忙得没时间吃午饭，也依然开心，因为工作有挑战性，感受当然是全新的。

这种在工作时激情四射的状态，几乎每个人在初入职场时都经历过。可是，这份激情来自对工作的新鲜感，以及对工作中不可预见问题的征服感，一旦新鲜感消失，工作驾轻就熟，激情也往往随之湮灭。一切开始平平淡淡，昔日充满创意的想法消失了，每天的工作只是应付完了即可。既厌倦又无奈，不知道自己的方向在哪里，也不清楚究竟怎样才能找回曾经让自己心跳的激情。他们在老板眼中也由前途无量的员工变成了比较称职的员工。

有时，压力也是人们失去工作激情的原因之一。职场人士承担着巨大的有形或者无形的压力，同事之间的竞争、工作方面的要求，以及一些日常生活的琐事，无时无刻不在禁锢着我们的心灵。于是在种种压力的禁锢之下，无精打采、垂头丧气和漠不关心扼杀了我们对事业的激情。从热爱工作到应付工作再到逃避工作，我们的职业生涯遭到了毁灭性的打击。

但是，如果你在周一早上和周五早上一样精神振奋；如果你和同事、朋友之间相处融洽；如果你对个人收入比较满意；如果你敬佩上司和理解公司的企业文化；如果你对公司的产品和服务引以为豪；如果你觉得工作比较稳定；只要对以上任何一个问题，你的回答中有一个"是"字，我就要告诉你："你'可以'恢复工作激情。"

美国著名激励大师博西·崔恩针对如何恢复工作激情，提过五点建议：

1. 改正只有兴趣才能让我们对工作充满激情的看法。 诚然，兴趣的确很重要，但还是让这样的观点见鬼去吧！兴趣可以培养。你可能因为兴趣而选择了某一种职业，但是做久了，你会发现，支持你充满激情做下去的不再只是初始的兴趣，更多的是一种责任，一种因为熟悉而产生的眷恋，一种因为取得成绩而坚持下去的信心。这个时候兴趣已经转化为一种更加深厚的情绪了。

2. 把工作当作一项事业。 如果你只把工作当作一件差事，或者只把目光停留在工作本身，那么即使是从事你最喜欢的工作，你仍然无法持久地保持对工作的激情。但如果你把工作当作一项事业来看待，情况就会完全不同了。

有一句话是："今天的成就是昨天的积累，明天的成功则有赖于今天的努力。"把工作和自己的职业生涯联系起来，为对自己未来的事业负责，你会容忍工作中的压力和单调，觉得自己所从事的是一份有价值、有意义的工作，并且从中可以感受到使命感和成就感。

3. **树立新的目标**。任何工作在本质上都是同样的，都存在着周而复始的重复。如果是因为这永无休止的重复，而对眼前的工作失去信心的话，那么我要告诉你的是，如果你的态度不转变，不主动给自己树立新目标，即使那是一份让你称心的工作，即使那是一个令所有人艳羡的工作环境，它一样会因为一成不变而变得枯燥乏味，你也不会从中获得快乐。

保持长久激情的秘诀，就是给自己不断树立新的目标，挖掘新鲜感。把曾经的梦想拣起来，找机会实现它，审视自己的工作，看看有哪些事情一直拖着没有处理，然后把它做完……在你解决了一个又一个问题之后，自然就产生了一些小小的成就感,这种新鲜的感觉就是让激情每天都陪伴自己的最佳良药。

4. 学会释放压力。工作不是野餐会,一个人无论多么喜欢自己的工作,工作多多少少都会给他带来压力。面对压力,有些人一味忍受,有些人只顾宣泄,忍受会导致死气沉沉,宣泄则会带来无尽的唠叨。应该学会管理压力并科学地释放压力,减轻对工作的恐惧感,心情轻松才容易重燃激情。

5. 切勿自满。在工作中,最需要注意的是自满情绪。自满的人不会想方设法前进,对工作就会丧失激情。如果你满足于已经取得的工作成绩,忽略了开创未来的重要性,那么现在这个阶段的工作自然会丧失其吸引力。当你把过去的成绩当作激励自己更上一层楼的动力,试图超越以往的表现,激情就会重新燃烧起来。

激情只能是从内燃烧,而不是从外促进。自己对于工作的激情要靠自己发掘,自己的工作士气要由自己负责,天下没有任何一家机构或者任何一个主管能够为你承担这个责任。

不要怀抱着不切实际的想法,以为别人会负责为你加油打气,或是给你更刺激、更具挑战性的工作。我们得靠自己的力量,才能够从事业生涯中获得意义。正如一位著名企业家所说:"成功并不是几把无名火所烧出来的成果,你得靠自己点燃内心深处的火苗。如果要靠别人为你煽风点火,这把火恐怕没多久定会熄灭。"

美国得克萨斯州有一句古老的谚语这么说道:"湿火柴点不着火。"当你觉得工作乏味、无趣时,有时不是因为工作本身出了问题,而是因为你的易燃点不够低。点燃你心中的热情,从工作中发现乐趣和惊喜,在工作的激情中创造属于自己的奇迹吧!

你在为谁工作

做进取者

> 你可以选择维持"勉强说得过去"的工作状态,也可以选择卓越的工作状态,这就取决于你内心有无进取心。

NBA 传奇人物迈克尔·乔丹曾经这么说过:"从'不错'迈入'杰出'的境界,关键在于自己的心态。"我明白这位"篮球飞人"想表达的意思。你可以选择维持"勉强说得过去"的工作状态,也可以选择卓越的工作状态,这就取决于你内心有无进取心。

尽职尽责的员工仅仅是一个称职的员工,而绝不是一个优秀的员工。要想出类拔萃,必须要有进取心,不能安于平庸。

满足现状意味着退步。一个人如果从来不为更高的目标做准备的话，那么他永远都不会超越自己，永远只能停留在自己原来的水平上，甚至会倒退。

生活中最悲惨的事情莫过于看到这样的情形：一些雄心勃勃的年轻人满怀希望地开始他们的"职业旅程"，却在半路上停了下来，满足于现有的工作状态，然后漫无目的地游荡着人生。由于缺乏足够的进取心，他们在工作中没有付出100%的努力，也就很难有任何更好、更具建设性的想法或行动，最终只能做一个拿着中等薪水的普通职员。如果他们的薪水本来就不多，当他们放弃了追求"更好"的愿望时，他们会干得更差。不安于现状、追求完美、精益求精的年轻人，才会成为工作中的赢家。

因此，不管你在什么行业，不管你有什么样的技能，也不管你目前的薪水多丰厚、职位多高，你仍然应该告诉自己："要做进取者，我的位置应在更高处。"这里的"位置"是指对自己的工作表现的评价和定位，不仅限于职位或地位。

追寻更高位置，这种强烈的自我提升欲望促成了许多人的成功。竞走的胜利者并不是最快的起跑者；战争

你在为谁工作

的胜利者也不是最强壮的人；但竞走和战争的最终胜利者大都是那些有强烈成功欲望的人。许多成功人士都指出，很多人的资质都比他们高，而那些人之所以没有在事业上取得辉煌的成就，就是因为他们缺乏足够的进取心。

杰出人物从不满足现有的位置。随着他们的进步，他们的标准会越定越高；随着他们眼界的开阔，他们的进取心会逐渐增长。对于比尔·盖茨来说，如果说他仅仅希望开一个小公司赚点钱，那么他20岁时就已经实现了这个目标；如果说成为世界上最有钱的人是他的最高理想的话，早在32岁的时候他就已经实现了这一目标。如果他没有不断超越自我的志向，他在年轻的时候就可以醉心于自己的伟大成就而举步不前了。凡是事业有成的人皆是如此，他们会以毕生的精力去追求更高的位置，不断追求新的技能以及优势的开发。即使偶有突发事件，他们也不会改变自己的目标。

从很多方面来说，每个人的确本来就拥有他所要实现更高位置所需要的一切能力。既然如此，当你可以高出众人之时，为什么要甘于平庸？如果一年中有一天你能有所作为，为什么不多选择几天都大有作为呢？为什么我们一定要做得跟其他人一样？为什么我们不能超越平凡呢？

试着为自己设立更高的目标！在完成一天的工作之后，你可曾想过："我应该能够做得更出色一点，或者更勤奋一点儿？"你完成工作的质量是否比以前高？速度是否比以前快？你的工作习惯、态度、解决事情的方法与以前相比是否更好？能上升为财务主管，你已经很满足，但为什么不把做公司的财务总监当作自己的奋斗目标？在平时的工作中，你完全可以考虑别人认为不明智的举创，尝试别人认为不保险的做法，梦想别人认为不现实的签约，期望别人认为不可能的升职。

这么做时不要想着是为了讨得老板的欢心，也不要寄希望于能立即加薪升职。因为有时你积极进取，对于老板而言，只说明你是一个有价值的员工，但也仅此而已。老板由于利益的缘故不会给你升职，但你的价值又何止于此？你在其中所获得的成长是其他甘于平庸者无法企及的，即使你和他们处于同一职位，你也会显得卓尔不群。

不断追求更高的自我定位！每一个与你交往的人：你的上司、同事或者朋友，都能感觉到从你身上散发出的意志的力量。这样，每一个人都会意识到你是一个不断进取的人，一个能给自己和他人带来更多物质和精神财富的人。人们将被你所吸引，乐于来到你的身边，你会从中发现更多的机会。

不断追求更高的自我定位，从根本上说，是为了自身不断的进步。不断进取的过程更是重塑自我的过程。这好比跳高运动员，不断进取就是要把有待跃过的横杆升高一格或几格，力争做到更好——很可能，这"更好"并非巨大的超越，而仅仅是超出那么一英寸左右。但每当运动员们尝试跳得更高一点儿时，他们实际上就是要重新塑造自我。他们必须重新思考自我的含义。然后，他们要设定新的目标——不是基于过去的纪录，而是基于重新思考后对自我的全新认识。这个新的自我所处的位置更高，必将会有更杰出的工作表现。

当然，要想达到更高的位置，仅仅有强烈的进取心还是不够的，我们还必须不断增强工作所需的能力，并付出巨大的努力。

比别人多做一点

> 率先主动是一种极珍贵、备受看重的素养，它能使人变得更加敏捷，更加积极。无论你是管理者，还是普通职员，"每天多做一点"的工作态度能使你从竞争中脱颖而出。你的老板、委托人和顾客会关注你、信赖你，从而给你更多的机会。

大多数人更愿意找些借口来搪塞，而不是努力成为卓越者。因为人们必须付出巨大的心力才能够成为卓越的人，但是如果只是找个借口搪塞为什么自己不全力以赴，那可真是不用费什么力气。

你需要付出相当的代价才能让自己变得更强壮；如

同你想跑得更快、跳得更高，也都需要付出代价一样。

一个成功的推销员用一句话总结他的经验："你要想比别人优秀，就必须坚持每天比别人多访问 5 个客户。""比别人多做一点"，这几乎是事业成功者高于平庸者的秘诀。

真正的成功是一个过程，是将勤奋和努力融入每天的生活中的过程。当亨利·瑞蒙德在美国《论坛报》做责任编辑时，刚开始时他一星期只能挣到 6 美元，但他还是每天平均工作 13 至 14 个小时。往往是整个办公室的人都走了，只有他一个人在工作。"为了获得成功的机会，我必须比其他人更扎实地工作，"他在日记中这样写道，"当我的伙伴们在剧院时，我必须在房间里；当他们熟睡时，我必须在学习。"后来，他成为了美国《时代周刊》的总编。

美国著名出版商乔治·W·齐兹 12 岁时便到费城一家书店当营业员，他工作勤奋，而且常常积极主动地做一些份外之事。他说："我并不仅仅只做我份内的工作，而是努力去做我力所能及的一切工作，并且是一心一意地去做。我想让我的老板承认，我是一个比他想像中更加有用的人。"

有时,你甚至不必比别人多做许多,只需一点,就可以从众人中脱颖而出。这是著名投资专家约翰·坦普尔顿通过大量的观察研究,得出的一条很重要的真理:"多一盎司定律"。他指出,取得突出成就的人与取得中等成就的人几乎做了同样多的工作,他们所做出的努力差别很小——只是"多一盎司"。一盎司只相当于1/16磅。但是,就是这微不足道的一点点区别,却会让你的工作大不一样。

这好比两个人参加马拉松比赛,在奔跑两个小时以后,都已经完成了 42 公里的赛程,还有不到 200 米,就将到达终点。当时的情况是,两人都十分劳累、难受。前者选择了放弃,而后者则坚持了下来。相对于他跑过的漫长路程,余下这一段短短的距离所具有的价值和意义是不言而喻的,没有这几步,此前的努力将变得毫无意义;有了这几步,他就成了一个征服马拉松的胜利者。取得中等成就的人只是少跑了几步,不幸的是,那是最有价值的几步。

"多一盎司定律"可以运用到人类努力的每一个领域中。这一盎司把赢家跟一些入围者区别开来。在朝气蓬勃的高中足球队中,你会发现,那些多做了一点努力,多练习了一点的小伙子成为了球星,他们在赢得比赛中起到了关键性的作用。他们得到了球迷的支持和教练的青睐。而所有这些只是因为他们比队友多做了那么一点努力。

在商业界,在艺术界,在体育界,在所有的领域,那些最知名的、最出类拔萃者与其他人的区别在哪里呢?答案就是多勤奋、多努力那么一点儿。谁能使自己多加一盎司,谁就能得到千倍的回报。

多加一盎司,工作可能就大不一样。保质保量完成自己的工作的人,是优秀的员工。但如果在自己的工作中再"多加一盎司",你就可能成为卓越的员工。主动在工作中"多加一盎司"的人,每天都在向人们证明自己更值得信赖,而且自己还具有更大的价值。

多做一点是一个良好的习惯。你没有义务做自己职责范围以外的事,但是你却可以选择自愿去做,来驱策自己快速前进。率先主动是一种极珍贵、备受看重的素养,它能使人变得更加敏捷,更加积极。无论你是管理者,还是普通职员,"每天多做一点"的工作态度能使你从竞争中脱颖而出。你的老板、委托人和顾客会关注你、信赖你,从而给你更多的机会。

如今在每个公司,个人的工作内容相对比较确定,并不一定有许多"份外"之事让我们去做。而且,当一个人已经完成了绝大部分的工作,付出了99%的努力,再"多加一盎司"其实并不难。但是,我们往往缺少的却是"多一盎司"所需要的那一点点责任、一点点决心、一点点敬业的态度和自动自发的精神。

  获得成功的秘密在于不遗余力——加上那一盎司。多一盎司会使你最大程度的展现自己的工作态度、最大限度地发挥你的天赋,让自身不断升值。

学习的脚步不能稍有停歇

在风云变幻的职场中,思维活跃、能力超强的新人或者经验丰富的业内资深人士不断地涌进你所在的行业或公司,你每天都在与几百万人竞争,因此你必须不断提升自己的价值,增进自己的竞争优势,学习新知识并在产业当中学到新的技能。

我们所赖以生存的知识、技能和车子、房子一样,会随着岁月的流逝不断折旧。这绝非危言耸听。美国职业专家指出,现在职业半衰期越来越短,所有高薪者若不学习,无需5年就会变成低薪者。当10个人中只有1个人拥有电脑初级证书时,他的优势是明显的,而当10个人中已有9个人拥有同一种证书时,那么原来的优势便不复存在。

在风云变幻的职场中,思维活跃、能力超强的新人或者经验丰富的业内资深人士不断地涌进你所在的行业或公司,你每天都在与几百万人竞争,因此你必须不断提升自己的价值,增进自己的竞争优势,学习新知识并在产业当中学到新的技能。也就是说,如果你停止学习,那你将无法永远保持优势。

彼得·詹宁斯现在是美国 ABC 晚间新闻的当红主播。在此之前,他曾一度毅然辞去人人艳羡的主播职位,到新闻的第一线去磨练自己。他做过普通的记者,担任过美国电视网驻中东的特派员,后来又成为欧洲地区的特派员。经过这些历练后,他重新回到 ABC 主播台的位置。而此时的他,已由一个初出茅庐的略微有点生涩的小伙子成长为成熟稳健又广受欢迎的主播兼记者。

彼得·詹宁斯最让人倾佩的地方在于,当他已经是同行中的优秀者时,他没有自满,而是选择了继续学习,使自己的事业再攀高峰。无论是在职业生涯的哪个阶段,学习的脚步都不能稍有停歇,把工作视为学习的殿堂。你的知识对于所服务的机构而言是很有价值的,正因为如此，你必须好好自我监督，别让自己的技能落在时代后头。当你的工作进展顺利的时候，要加倍地努力学习；当工作进展得不顺利，不能达到工作岗位的要求，那就把学习的分量加重4倍吧——在瞬息万变的现代社会里，"学习"是让我们能够为自己开创一番天地的利器。当我们试图通过学习超越以往的表现，生命才会更有意义。

如果沉溺在对昔日以及现在表现的自满当中，学习以及适应能力的发展便会受到阻碍。不管你有多么成功，你都要对职业生涯的成长不断投注心力，如果不这么做，工作表现自然无法有所突破，终将陷入停滞甚至是倒退的境地。

现在的机构对于缺乏学习意愿的人是很无情的，员工必须负责增进自己的工作技能，否则就会被抛在后头吸灰尘。只要没有定期充电，转眼之间就会被时代淘汰，这种事情发生的速度是很快的。主管固然能够鼓励你努力成长，但是最后还是要你自己刺激学习的意愿，才能够吸收到所需的专业知识。你所具备的知识越是丰富，你所具备的价值也就越高。

而你在学习过程中所体现的积极进取和较强的接

受能力是上司非常看重的。因为随着知识、技能的折旧越来越快,公司更看重学习能力强的人。未来的职场竞争将不再是知识与专业技能的竞争,而是学习能力的竞争,一个人如果善于学习且乐于不断学习,他的前途会是一片光明。

如果你发现自己需要学习什么,就立即行动吧,千万别拖延,也别以没时间为借口。就像一句古谚所说:"你的船要是有了破洞,就花点时间补好它。"否则,一处缺陷抵消了许多长处,功亏一篑,会失去许多成功的机会。

你在为谁工作

坏习惯必须改掉

习惯的力量是巨大的,因为它具有一贯性。它通过不断重复,使人们的行为呈现出难以改变的特定的倾向。就像一句古老的箴言:"习惯就像一根绳索。每天我们都织进一根丝线,它就会逐渐变得非常坚固,无法断裂,把我们牢牢固定住。"

美国石油大亨保罗·盖蒂曾经是个大烟鬼,烟抽得很凶。

在一次度假中,他开车经过法国,天降大雨,他在一个小城的旅馆停了下来。吃过晚饭,疲惫的他很快就进入了梦乡。

清晨两点钟,盖蒂醒来。他想抽一根烟。打开灯后,他很自然地伸手去抓桌上的烟盒,不料里面却是空的。他下了床,搜寻衣服口袋,一无所获,他又搜索行李,希望能发现他无意中留下的一包烟,结果又失望了。这时候,旅馆的餐厅、酒吧早已关门,他惟一希望得到香烟的办法是穿上衣服,走出去,到几条街外的火车站去买,因为他的汽车停在距旅馆有一段距离的车房里。

越是没有烟,想抽的欲望就越大,有烟瘾的人大概都有这种体验。盖蒂脱下睡衣,穿好了出门的衣服,在伸手去拿雨衣的时候,他突然停住了。他问自己:我这是在干什么?

盖蒂站在那儿寻思,一个所谓有修养的人,而且相当成功的商人,一个自以为有足够理智对别人下命令的人,竟要在三更半夜离开旅馆,冒着大雨走过几条街,仅仅是为了得到一支烟。这是一个什么样的习惯,这个习惯的力量竟如此惊人的强大。

没多会儿,盖蒂下定了决心,把那个空烟盒揉成一团扔进了纸篓,脱下衣服换上睡衣回到了床上,带着一种解脱甚至是胜利的感觉,几分钟就进入了梦乡。

从此以后,保罗·盖蒂再也没有抽过香烟,当然,他的事业越做越大,成为世界顶尖富豪之一。

烟瘾很大,对任何人来说,都不是一个大的缺点。但保罗·盖蒂却坚持改变,这是因为他意识到了习惯的巨大力量。一位理智、成功商人居然会为一支香烟六神无主,如果是在休闲时间这倒没什么影响,如果是在谈一笔大买卖,这个习惯则会影响他的判断,进而影响整笔生意的完成。一个人要是沉溺于坏习惯之中,就会不知不觉把自己毁掉。

习惯的力量是巨大的,因为它具有一贯性。它通过不断重复,使人们的行为呈现出难以改变的特定的倾向。就像一句古老的箴言:"习惯就像一根绳索。每天我们都织进一根丝线,它就会逐渐变得非常坚固,无法断裂,把我们牢牢固定住。"我们每天高达90%的行为是出自习惯的支配。可以说,几乎是每一天,我们所做的每一件事,都是习惯使然。

好的习惯使我们受益,让我们很自然地去做某些事情,而无须在意志方面付出巨大的努力;坏习惯则是我们行动的障碍,还腐蚀着我们的意志力,我们很容易受它的控制,成为它的奴隶,意志坚强的人也不例外。保罗·盖蒂的例子就足以证明这一点。只是与普通人不同的是,保罗·盖蒂凭着毅力改变了自己的坏习惯,这可是常人所难为的。

优秀员工之所以优秀，很大程度上是因为他有一些良好的习惯，不论是竭力挖掘自己的天赋，还是在工作中倾注热情。同时，一些看似微不足道的坏习惯则会制约优秀员工从优秀走向卓越。

管理学大师彼得·杜拉克告诫那些希望超越自我的优秀员工："坏习惯必须改掉，因为它会妨碍你取得绩效。"

每个人都有一些坏习惯，能否改正也就是卓越和平庸之间的分界线。诚如奥利弗·克伦威尔于17世纪初期曾经说过："不求自我提醒的人，到最后只会落得退化的命运。"这样的追求是永远都不该停止的。

不可缺少团队协作精神

一个业务专精的员工,如果他仗着自己比别人优秀而傲慢地拒绝合作,或者合作时不积极,总倾向于一个人孤军奋战,这是十分可惜的。他其实可以借助其他人的力量使自己更加优秀。

有人说,团队和个人的关系就好像是水和鱼的关系。我们每个人都是鱼,而我们的团队就是水。鱼是离不开水的,无论我们从事怎样的工作,其实都是处在一个团队当中。就是这个团队中每一个人各司其职,才使得我们的努力可以获得收益。

在现代公司里,单凭一个人是无法完成一个有规模的项目的。团队的命运和利益包含了每一个成员的命运和利益,没有一个人可以使自己的利益与团队相脱节。只有整个团队获得更多利益,个人才有望得到更多利益。因此,每个员工都应该具备团队精神,融入团队,以整个团队为傲,在尽自己本职的同时,与团队其他成员协同合作。

尽管大多数人都懂得团队协作能带来诸多好处,但团队成员之间的协作仍然是困难的。一条自动化生产线上的机器人的顺利合作是因为人们为它们设计了精确的动作。与机器人不同,我们每个人都有感情——喜或怒,自信或不安,友好或嫉妒。我们还会对公平或不公平、正确或错误的事情作出判断。

相对员工的需求来说,团队所拥有的资源总是有限的,为了提高这些资源的使用效率,必将按照公平和效率而不是平均的分配方式来进行。这就会引起部分员工的心理失衡,特别是团队中的资金、名誉、人员、地位、时间、权力等越是稀缺,越容易导致一部分人的心理失衡。心理失衡的员工常常以不合作来发泄内心的不满。

事实上,这样的人应该对团队中的分工,以及分工带来的职责和收益有一个清晰的认识。每个人在团队中,有各自的分工以及相对应的职责。团队的分工更多

你在为谁工作

的是对各个成员性格、才智、能力进行对比后产生的后果。你可能在这方面存在优势，但是有可能他在这方面的优势比你还要明显，而这个位置又只需一个人。这个时候，团队选择了他，把你放到了其他的位置。而决定把你放在另外一个位置，也一定是因为你在那个方面存在一定的优势，存在着优于其他人的优势。

　　当然，具体分工上还是有轻与重之分。有的人做的工作对于整个工作项目来讲，影响要大得多。他们的收益是比团队中的其他人高一些，但他们的工作相对要复杂些、辛苦些，所承担的风险也就相对的大些。一个项目弄砸了，首先受批受罚的是团队领导，然后是负责整个项目的核心技术人员，绝不会是专门焊接电路板的助理工程师。前两者的收益是明显高于后者，但他们受承担的压力也会高于后者。

　　需要付出的努力多，承担的风险大的工作自然就会有较高的回报，这一点是大家比较认同的。所以就不要再对那些收益高的团队成员不满，更不能想方设法地为他的工作设置障碍，希望以这样的方式提醒领导重视你的工作。工作就是工作，工作本身是不应带有情绪的，所以我们也不能把我们的情绪带到工作中去。工作不是我们借以发挥不满情绪的工具,更不是报复的手段。

在工作中,我们所采取的正确的态度,应该是接受分工,并且全身心地投入到工作中去。既然把我们安排到这样的岗位上,我们就有义务把这个岗位上的所有事情打理好。如果每个人将自己的职责抛在一边,而只想从团队中攫取自己想要的东西,事态又会如何发展呢?在一个团队中,也许有人厌倦了做一个默默无闻的支持者,希望像核心人物那样出尽风头,但是无论怎样,他在团队中的位置得到调整之前,都不能放弃应尽的职责。把自己应做的事情做好,利益才会有保证。

一个对自己所在团队负责的人,其实无疑是在对自己负责,因为他的生存离不开这个团队。他的利益是和团队密切相关的。这好像,一个水域的环境和条件,直接决定着在这一水域中的鱼类的生存状况。只要我们在这个团队中呆一天,我们就应对这个团队负有一天的责任。你的团队需要你,而你自己更需要立足于你的本职工作,不懈地努力。

也许,团队中存在着分配不均的现象。但是,这种现象的改变非一朝一夕之事。努力工作,优劣自有评说。与其在谩骂和懈怠中浪费自己的时间,钝化自己的才干,不如在与人合作中发挥才干,使自己通过各种项目的锻炼逐渐成为某个领域的专家。这样,当你转到一个新的合理的工作环境时,就能如愿得到更多的回报。否则,只会是追悔莫及。

在工作过程中,与他人和谐相处、密切合作是一个优秀雇员所应具备的必不可少的素质之一,越来越多的公司把是否具有团队协作精神作为甄选员工的重要标准。团队协作不是一句空话,一个懂得协作、善于协作的员工,是推动工作前进的极好的润滑剂。工作能力强,具有团队协作精神的员工是公司高薪聘请的对象。而一个不肯合作的"刺头",势必会被公司当作木桶最短的一块木板剔除掉。对许多公司的人员流动情况的研究表明,大多数人是因为不善与人相处而离开公司的,这一原因超过其他任何一种原因。

一个业务专精的员工,如果他仗着自己比别人优秀而傲慢地拒绝合作,或者合作时不积极,总倾向于一个人孤军奋战,这是十分可惜的。他其实可以借助其他人的力量使自己更优秀。

史蒂文不仅拥有出色的学历,而且在工作上也做出了很多成绩。他是公司辛勤工作的典范,他总是恪尽职守、专注手头的工作,老板对他所做的工作评价也很高。按照他的才能,他早就应该晋升到更高职位了,可他现在依然在原地不动。

即使是最重要的主管职位似乎也不需要他那么多年的学习经历,不需要这10年来兢兢业业的工作,也不需要他为了追求一个能够充分发挥才干的职位而倾注的耐心。史蒂文不明白,为什么那些能力比他差的人都得到了晋升,而他的职位却一直可怜,连私人办公室都没有。

造成这种状况的一个很重要的原因是,史蒂文不喜欢与人合作。他只是埋头自己的工作,不喜欢和大家交流,如果团队其他成员需要他的协助,他不是拒绝就是很不情愿地参与。有时他宁可事事亲历亲为,也不向同事获取帮助。这样的孤军奋战,怎能成就大事?

其实,保证你事业有成的方法之一是让与你共事的人喜欢你、欣赏你。只有善于合作,你周围上上下下的人才会希望你成功,并尽他们最大的努力来帮助你实现你的目标,同时也实现他们的目标。在团队成员的帮助下,你就能最大限度地发挥自己的才能,并成为举足轻重的成员。

很多时候，一个团队所能给予一个人的帮助，更多的在于精神方面。一个积极向上的团队能够鼓舞每一个人的信心，一个充满斗志的团体能够激发每一个人的热情，一个时时创新的团队，能够为每一个创造力的延展提供足够的空间，一个协调一致，和睦融洽的团队能给每一位成员一份良好的感觉。培养自己的团队协作精神吧，在团队中感染积极的氛围，让自己在团队中工作得更顺利，更美好！

全力打造企业职业文化培训图书
第一品牌

大浪淘沙、百舸争流。

　　面对白热化的竞争之潮，企业的成长和发展，归根结底都离不开人的因素。谁拥有了最好的员工，谁就能稳操胜券。

　　机械工业出版社把为企业提供专业化的图书产品和服务为使命，集中打造了"企业职业文化培训第一品牌"，其系列图书用以帮助企业提升员工的职业素养，推动企业进步，实现共同发展！

地址：北京市西城区百万庄大街 22 号 机械工业出版社 经管分社 邮编：100037

电话：010—88379081 88379705　传真：010—68311604

机械工业出版社
CHINA MACHINE PRESS

执行重在到位

书号：22690

作者：吴甘霖 邓小兰

定价：25.00元

每一个老板、每一名管理人员都会对下属有要求，无论这些要求是否明确、合理，都会遭遇它们各自的结果；每一个企业都会有战略目标，无论是否明确、合理或者宏大，同样地每一个目标都会有最终的结果。许多老板、管理人员与企业必须共同面对的现实是：结果往往与目标之间有很大的差距，或者"没有完成任务"，"没有达成目标"，问题在哪里呢？"想法没有得到实施"，"方案没有得到执行"，"执行不到位"。

本书从"执行重在到位"的角度出发，不满足于"执行"和"执行力"基本理念的引入，而是将这个企业管理界流行已久的概念进行了深入、生动的具体阐述，提出了"执行到位的三大标准"、"一流执行者应牢记的六大执行理念"以及如何执行的有针对性的建议，具备很强的可读性和可操作性。无论对于企业员工还是企业管理人员，都有很好的指导作用。

工作就是责任

书号：22685

作者：周永亮 李建立

定价：20.00元

责任，是工作出色的前提，是职业素质的核心。

一个缺乏责任的民族是没有前途的民族，一个缺乏责任的人是不可靠的人！

一个缺乏责任的组织是注定失败的组织，不管这个组织看起来是多么的强大与可怕！

本书两位作者都是从事管理咨询工作十年之久的企业管理经历和咨询培训经验，通过大量的精彩案例，告诉职场中人，一个职业人要展示自己的才华，实现自我价值并不能仅仅依靠自己的能力！因为实现自我价值需要前提，把才华发挥出来也需要前提。

这个前提就是责任！

因为，一个人有了责任心，才能有激情、有忠诚、有奉献，才有成就一切事业的可能。

高度的责任心永远是组织最宝贵的财富，是一个人是否成功的精神推动力。

你在为谁工作

书号：15871

作者：陈凯元

定价：16.80元

本书提出了每一位员工需要自我反思的人生问题，并对这个问题进行了深刻细致的解答。它有助于员工解除困惑，调整心态，重燃工作激情，使人生从平庸走向杰出。如果每一位员工都能从内心深处承认并接受"我们在为他人工作的同时，也在为自己工作"这样一个朴素的理念，责任、忠诚、敬业将不再是空洞的口号。

本书更多地从员工的角度出发，具有深厚的人文关怀，是提升企业凝聚力、建立企业文化的完美指导手册和员工培训读本。

方法总比问题多：打造不找借口找方法的一流员工

书号：15880

作者：吴甘霖

定价：18.00元

对于职场人士来说，当遇到问题和困难时，能否主动去找方法解决，而不是找借口回避责任，这一点，对他在职场中能否成功和发展具有决定性的作用。

本书是一流人才工作方法的专著。作者是享誉海内外的方法学家、国际职业培训师，他一步步教你怎样克服对于问题的恐惧，在遇到问题时怎样运用一些思维技巧，比如找准"标靶"、类比思考、巧妙转移问题等，不仅能从心理上裁视问题，而且还能以方法克敌制胜，最终将问题和挑战转变为机遇。这些不但对于员工，而且对于任何遭遇挑战、寻找人生发展突破的人都有很好的指导作用。

正面思维是事业成功和自我价值实现的惟一途径。正面思维有利于人性的拓展，有利于职场的成功，有利于社会的进步。

正面思维要求处理任何事情都从积极、主动、乐观的意义上去思考和行动，促使事物朝着有利于自己的方向转化。它使人在逆境中崛起，在顺境中脱颖而出，变不利为有利，从优秀到卓越。

一切文明成果都是正面思维的结果。正面思维的本质就是发挥人的主观能动性，挖掘潜力，体现人的创造性和价值，它帮助人们从认知上改变命运，每个人都应该学会用正面思维来管理自己。

学会正面思维
书号：20120
作者：吴仕逵
定价：18.00 元

本书立足于当今企业中常见的轻视小事、做事浮躁等现象，从人性的弱点这一独特角度，挖掘出员工轻视小事的根本原因，具有深厚的人文关怀，极易引起员工的共鸣。它有助于员工端正心态，摒弃做事贪大的浮躁心理，把小事做好做到位，从而提高整个企业的工作质量。当重视小事成为员工的一种习惯，当责任感成为一种生活态度，他们将会与"胜任"、"优秀"、"成功"同行，责任、忠诚、敬业也将不再是一句空洞的企业宣传口号。

本书是一本提升企业竞争力、建设企业文化的指导手册，一本员工素质培训的完美读本，一本所有公务员、公司职员的必读书。

工作中无小事
书号：18225
作者：陈满麒
定价：16.80 元

"职商"和"职业素养"的概念，对中国许多人来说都是新的概念。在我们的职场中，充斥着有能力却总不成功的人，整天忙碌却无法为企业、单位创造效益的人，有很好的学历却无法将知识卖个好价钱的人……他们是痛苦的，可单位和领导偏偏又对他们十分不满。假如他们能够把提升职商当作在职场的第一件事情来抓，他们便拥有了职场成功的钥匙。

此书是一本打造一流工作者职业之魂的著作，不仅从 18 个最重要的方面探究了职场中最需要掌握的职业素养，而且从 4 个重要的方面帮助我们尽快提高职商。作者通过自身在职场成功与失败的感悟，以及对众多职场成功者经验的总结，为所有想在职场发展的人，提供了腾飞的翅膀。

一生成就看职商：
一流员工的职业素养
书号：18247
作者：吴甘霖
定价：19.80 元

韩国三星、LG、现代集团 10 万余名员工产业教育普及首选教程。

成就个人幸福与集体成功，营造"归一"文化的企业必备读本。

意识力虽是无形的，却决定了企业的兴衰成败。"蝴蝶"的蜕变过程既蕴涵着员工自我转变的动机，又营造出企业清晰、有力的文化氛围。

蝴蝶：转变源于自我
书号：20282
作者：（韩）尹泰益
定价：22.00 元

责任＝机会：百万年
薪职业经理人的成长
与感悟
书号：18026
作者：邱庆剑 黄雪丽
定价：18.00元

最真实的榜样，最具震撼的激励。本书不仅讲述了成功之道，更讲述了成功者的成长历程，使读者从榜样身上，看到了自己实现理想的方法。

本书记述了一位百万年薪职业经理人——典型的职业感悟以及他如何成长为百万年薪职业经理人的奋斗历程，深刻阐释了"责任＝机会"这一朴素的真理。

本书适合企业员工、机关公务员和一切渴望取得成功的人阅读，对于个人提高责任意识，抓住成功机会，具有重要的意义。

工作一定有方法
书号：16243
作者：柏宏军
定价：19.80元

高效优秀的员工队伍不是天生的！这有赖于对其进行工作理念、方法的系统培训。本书介绍了各种帮助管理者与员工提高自身工作能力与效率的思路和与方法。将这些方法付诸于实践，可以提升经营水平，打造高效率的企业团队，花更少的力量与更少的时间做成更多的工作，从而找到双赢捷径，实现企业与员工的共同发展，成就卓越伟业。

你胜任吗：卓越员工
必备的9大能力
书号：20075
作者：于富荣
定价：18.00元

作为员工，无论是刚刚踏入职场，还是已经在其中打拼多年，你可能都已经意识到了，胜任工作的能力是你最大的资本。要做一名出色的员工，你必须明白岗位对你的要求，清醒地了解你自身所具有的能力以及不断提升它。而作为公司管理者，你更需要管理你的员工能力，并督促、考核、培训员工，使其能力不断提升，以更能胜任工作。本书作者在大量研究世界500强企业所看重的员工能力标准的基础上，有针对性地提出员工胜任工作的9大能力，可作为中国企业考评和培训卓越员工的有力参考。

决不安于现状
书号：16401
作者：邱庆剑
定价：16.80元

本书强调，无论学生、教师、职员、自由职业者、老板以及公务员，都必须将"安于现状"几个字从头脑中划掉。打破现状，不断创新，才是生存的根本保证。

本书揭示了影响世界经济发展的"元规则"，认为"决不安于现状"是预防和遏制"安于现状"的一剂良药，并指出了预防的方法和途径，适合所有渴望成功的人士阅读，也可用于企业员工、公务员的素质培训。

把工作做到出色
书号：17611
作者：宋艳丽
定价：18.00 元

　　本书提出了每一位员工工作时应有的标准。做一天和尚撞一天钟，马马虎虎的工作标准早已不适应现代企业的要求，也不是现代职业者应该具有的标准。在激烈的市场竞争下，企业要出精品，职员也要出精品，用糊弄的方式来对待工作就等于糊弄自己。

　　本书不仅提出了这一标准，而且深入细致地分析了把工作做到出色的心理动力，有助于职员解除困惑，调整心态，重燃工作激情。并且更重要的是为如何把工作做到出色提供了具体的方法，同时也提供了一些触类旁通的思维启迪。本书更多地从员工的角度出发，设自处地地考虑员工的问题，具有深厚的人文关怀，是提升企业竞争力，提升企业凝聚力，建立企业文化的完美手册和高效的员工培训读本。

合格的员工这样工作
书号：20646
作者：田鹏
定价：20.00 元

　　如果企业只是在概念层面强调"要培养良好的职业习惯"或者是"工作需要热情"，那么不论企业重复多少次，都难以取得预期的效果。只有将"培养良好的职业习惯"的要求拆分到：提前作计划，随时作记录，及时作总结，从经验中提炼出规律，用新习惯替换旧习惯等具体的操作中；只有将"工作需要热情"的要求拆分到：业余时间做什么，什么情况下加班，经常给出合理化建议，从积极的角度理解他人的反馈和给出的建议，用具体的挑战诠释勇敢和热情等具体的内容中，才能使其有效地服务于日常工作，获得企业希望看到的结果。

提升自己的价值
书号：20283
作者：邹德金
定价：19.80 元

　　每一个企业的成长都离不开员工自身职业素质的提升。

　　本书着眼于员工的职业发展，从企业业绩提升与员工自身价值实现相结合的角度，讲述了怎样看待工作、怎样看待自己、怎样克服职业发展中常见的问题，如何以新的理念、创造性的方法，在为企业做出更多成绩的同时，自身的价值得以充分实现。本书对面对新经济时代，如何培养创新型的员工，做了有益的探索。

忠诚胜于能力
书号：15635
作者：邱庆剑
定价：18.00 元

　　忠诚不仅是一种品德，更是一种能力，而且是其他所有能力的统帅与核心。缺乏忠诚，其他的能力就丧失去了用武之地。本书强调忠诚是一种义务，与公司共命运，为荣誉而工作，用生命去执行。

　　本书诠释忠诚，注解能力，适合每一位管理者及被管理者阅读，是最精炼的员工培训读本。

点燃工作激情
作者：柏宏军

拥有激情的员工，是最出色的员工！拥有激情的企业，才能成就最伟大的事业！

对于一个想在工作和事业上有所成就的人来说，激情是永远不可缺失的。激情的缺失注定会导致你的一事无成。

对于一个想长远发展的企业，必须具备满怀热忱的员工。只有热爱工作、对工作充满激情的员工才能为公司带来不可估量的利益，充满激情的团体和企业文化是企业最有力的竞争武器之一，也是竞争对手永远无法复制和抄袭的。

本书汇集、解读了大量员工、企业激情成长的案例，同时提出点燃激情引爆潜能、在工作中打造激情模式、让激情保持"恒温"的策略和可行的激情管理方法，使企业和员工能从中获得启迪和自助，迅速穿越没有激情的工作的"雷区"，成就伟大事业和人生！

使命感
书号：21251
作者：吕国荣
定价：18.00 元

"使命感"是职业精神的灵魂。

使命感，就是知道自己在做什么，以及这样做的意义。就是把自己与一个伟大的事业联系在一起，释放生命的激情。使命感是一种无论给予自己的任务有多么困难，都要有一定要完成的坚强信念。如果缺少这样的"使命感"，你就很难成为一个真正优秀的员工。本书通过阐释使命的含义、使命与责任的关系、使命在职业发展中的核心作用等方面，帮助员工培养职业使命感，使得员工和企业获得双赢。

机工经管分社"企业职业文化培训图书第一品牌"旗下重点产品一览表

序号	书号	书名	定价／元
1	22690	执行重在到位	25.00
2	22685	工作就是责任	20.00
3	20120	学会正面思维	18.00
4	15871	你在为谁工作	16.80
5	15880	方法总比问题多	18.00
6		点燃工作激情	18.00
7	21251	使命感	18.00
8	18225	工作中无小事	16.80
9	17611	把工作做到出色	18.00
10	18247	一生成就看职商：一流员工的职业素养	19.80
11	20646	合格的员工这样工作	20.00
12	20283	提升自己的价值	19.80
13	20282	蝴蝶：转变源于自我	22.00
14	15635	忠诚胜于能力	18.00
15	20075	你胜任吗：卓越员工必备的 9 大能力	18.00
16	16243	工作一定有方法：实现企业与员工双赢的捷径	19.80
17	16401	决不安于现状	16.80
18	18026	责任＝机会：百万年薪职业经理人的成长与感悟	18.00